DE LA DIGNITÉ

DES

LETTRES ANCIENNES

PAR

A. BOUCHÉ-LECLERCQ

CHARGÉ DU COURS DE LITTÉRATURE ANCIENNE

A LA FACULTÉ DES LETTRES DE MONTPELLIER

MONTPELLIER

J. MARTEL AÎNÉ, IMPRIMEUR DE LA FACULTÉ DES LETTRES

RUE DE LA BLANQUERIE, 3, PRÈS LA PRÉFECTURE

1873

1874

DE LA DIGNITÉ

DES

LETTRES ANCIENNES

———

Discours prononcés le 2 et le 9 décembre 1873 à la Faculté des Lettres

DE MONTPELLIER

———

MESSIEURS,

En prenant la parole pour la première fois devant mon premier auditoire, je me ferais, sans doute, illusion sur mes forces si ma première pensée n'était pas de recommander à l'indulgente bienveillance de ceux qui m'écoutent ces prémices de mon enseignement.

Je sais tout ce que les traditions de cette Faculté, traditions que continuent avec tant d'éclat la science éloquente et le talent si applaudi de mes collègues, je sais, dis-je, ce que ces traditions (et les souvenirs qu'a laissés dans votre mémoire l'atticisme discret de mon prédécesseur), vous autorisent à attendre de moi. Je n'espère pas échapper à des comparaisons inévitables, encore moins me prévaloir de ce mélange de sympathie et de curiosité qui environnent toujours un premier début ; mais je crois répondre à votre secret désir, en m'interdisant ici les précautions oratoires derrière lesquelles se dissimulent d'ordinaire les subtilités de l'amour-propre, en abrégeant les circuits dans lesquels se jouerait à l'aise une parole plus habile, en me hâtant enfin de vous mettre face à face avec l'antiquité et de m'effacer, moi son modeste interprète, dans le vaste rayonnement de son génie.

En venant vous parler de la *Dignité des lettres anciennes,* j'ai accepté un sujet qui s'impose de lui-même comme la préface nécessaire de ce cours. Bien d'autres , sans doute, l'ont traité avant moi ; mais il est de ceux qu'on n'épuise pas. Les œuvres qui ont subi victorieusement l'épreuve du temps gardent une immortelle jeunesse; elles représentent, au milieu de ce flot mouvant des générations humaines qui passent attentives ou indifférentes, ce qu'il y a de plus stable au monde, l'art et le bon sens intimement unis et s'éternisant l'un par l'autre. En présence de ce magnifique héritage légué par les Grecs et les Romains , nous pourrions faire comme l'avare qui recommence toujours, sans jamais se lasser, le compte de ses trésors. Mais je n'oublie pas qu'on s'est fatigué jadis à Athènes d'entendre appeler Aristide « le Juste », que la manie de proclamer à tout propos les Anciens « incomparables » a provoqué au XVIIe siècle une émeute littéraire, et que rien ne décourage l'attention de l'auditoire le plus bienveillant comme un panégyrique immobilisé dans des formules prévues.

Aussi, consultant en cela mes forces, au moins autant que mes préférences, je n'ai point essayé d'élever mon discours à cette hauteur où les questions de détail disparaissent, où l'on ne voit plus du passé que les grandes lignes, c'est-à-dire, sauf exceptions, ce que nous connaissons le mieux, et d'où un œil plus perçant que le mien pourrait seul découvrir quelque aperçu nouveau.

Je voudrais, en restant sur le terrain des faits et gardant le droit de recourir au besoin aux plus minimes, je voudrais, dis-je, justifier cette dignité ou, si vous le voulez, cette prééminence que j'attribue aux lettres anciennes, en vous montrant que les littératures de l'Europe moderne ont été suscitées par elles ; que les peuples nouveaux semés par les invasions sur le tombeau de la société antique ont cherché en vain à donner à leur pensée tardivement éveillée une forme durable, jusqu'au jour où, exhumant les œuvres de l'antiquité et étudiant pieusement ces impérissables modèles, ils reçurent de la tradition le goût, les règles, les procédés littéraires créés jadis, sous un ciel plus heureux, par une race mieux douée. Enfin, pour résumer en un mot ma pensée, j'espère vous convaincre que c'est le génie gréco-romain qui, pareil au coureur de Lucrèce, a transmis au génie moderne le flambeau de la vie.

Cette tâche me suffira aujourd'hui ; mais, comme on ne saurait se résigner à ne pas estimer ce qu'on aime, je me réserve de vous démontrer un autre jour que cette influence toute-puissante de la littérature ancienne sur notre civilisation ne s'est point exercée, quoi qu'on en ait dit, au détriment de la morale. Le sujet, vous le voyez, a deux aspects ; après la question littéraire, une question d'intérêt social.

Je me hâte d'aborder la première.

I.

DU RÔLE INITIATEUR DES LETTRES ANCIENNES
CHEZ LES PEUPLES MODERNES.

Permettez-moi, Messieurs, d'entrer de suite au cœur du sujet et de vous reporter à quinze siècles en arrière, à cette époque douloureuse où l'ancien monde crut périr tout entier, et s'abîma sous le flot de l'invasion sans que l'espoir de revivre dans le souvenir de la postérité vînt consoler son agonie, car les plus fermes esprits désespérèrent alors de l'avenir. Ses œuvres furent ensevelies avec lui, et cette mer germanique qui les avait englouties laissa déposer peu à peu sur elles comme un sédiment de barbarie sous lequel elles disparurent en attendant des jours meilleurs.

En vain, le génie pompeux de la Gaule méridionale, le « cothurne gaulois » comme on disait jadis, essaya de dominer le tumulte : « Que voulez-vous que je chante, » s'écriait Sidoine Apollinaire, « au milieu de ces Bur- » gundes gorgés de viande qui se graissent les cheveux » avec du beurre rance? Ma muse, » ajoute-t-il en essayant de sourire, « dédaigne de faire des vers de six pieds en présence » de maîtres qui en ont sept. » En vain, quelques princes barbares, notamment les rois visigoths de Toulouse et les rois vandales de Carthage, tentèrent de ranimer l'activité littéraire, ou s'essayèrent eux-mêmes, comme Chilpéric, à faire des vers latins en dépit de la prosodie, la langue latine s'en allait, elle aussi, en décomposition, et ceux qui retrouvaient à grand'peine l'idiome classique ne s'adressaient plus au public. Les convulsions intérieures qui ébranlèrent les nouveaux États ; en Italie, les luttes qui suivirent la mort de Théodoric ; en France, la rivalité sanglante de la Neustrie et de l'Ostrasie, reléguèrent le peu qui subsistait encore de traditions littéraires dans la Grande-Bretagne, où elles pouvaient demeurer longtemps « séparées du reste de l'univers »; puis, en Espagne et en Afrique, où l'invasion des Arabes les dispersa d'un seul coup.

La civilisation paraissait bien morte en Occident au VIIIe siècle : il ne restait plus, en fait de [débris du passé, que l'empire d'Orient qui avait entassé à la hâte dans ses codes, ses grammaires, ses compilations de toute espèce, les richesses intellectuelles de l'antiquité, et se fermait de son mieux aux barbares du dehors.

Cependant, il y eut encore, à la fin de ce VIIIe siècle, comme une explosion d'espérances hâtives et bientôt déçues, lorsque Charlemagne, épris à son tour de l'antiquité, ouvrit des écoles et devint lui-même l'écolier le plus assidu de son empire. On vit alors accourir à sa voix, du fond de l'Angleterre et de l'Irlande, des savants qui cultivaient obscurément dans leur île les lettres chassées du reste de l'Europe occidentale. Ils avaient reçu par Théodore de Tarse, un Hellène qui était devenu, près d'un siècle avant, archevêque de Cantorbéry, quelque teinture du grec, et hérité du savoir encyclopédique de Bède-le-Vénérable. Ils se mirent courageusement à l'œuvre, mais il leur fut plus facile de se parer des noms d'Homère et de Flaccus que de mener à bien une tâche impossible. La barbarie avait pénétré trop avant dans la société : ils marchaient seuls en tête d'un peuple qui ne voulait ni ne pouvait les suivre.

Après Charlemagne, les guerres civiles, les ravages des

Normands, paralysèrent la bonne volonté de Louis-le-Dé-
bonnaire, de Lothaire Ier et de Charles-le-Chauve ; la nuit
se fit, plus noire, plus désolée que jamais, quelques années
à peine après que J. Scot Erigène (ou l'Irlandais) eut
rendu au ixe siècle comme un écho des brillantes discussions de l'Académie et que Hraban Maur, abbé de Fulda,
se fut fait l'apôtre littéraire de la Germanie.

Je saisis, Messieurs, l'occasion de constater et d'apprécier les immenses services que le clergé, surtout le clergé
régulier, a rendus, dans ces tristes temps, à la cause de la
civilisation. Tous les noms que je viens de citer (et j'aurais
pu en citer davantage) appartiennent à l'Église, un bon
nombre à l'ordre monastique fondé au vi^e siècle par Benoît
de Nursia. Le pieux ascète, à l'exemple de son émule
Cassiodore, fit un devoir aux religieux de lire, de conserver et de multiplier les livres. Sans doute la règle avait
surtout en vue les livres théologiques et les études de controverse ; mais les lettres anciennes en profitèrent par
surcroît, et bien que, même dans ces asiles, elles n'aient
pas été toujours à l'abri de l'incurie qui abandonne, de
l'ignorance qui détruit, ou des scrupules qui mutilent, il y
aurait ingratitude à mesurer les éloges à ceux qui ont
sauvé d'une destruction certaine les plus belles œuvres
de l'esprit humain. Les couvents de Monte-Cassino, de
Bobbio, de Fulda, pour ne parler que de ceux-là, ont
droit à un souvenir reconnaissant de la postérité. Ils ont
été l'asile des muses traquées par la barbarie, et Châteaubriand n'exagère que de moitié en nous montrant « la
» vieille société, civilisée à la manière des anciens, se per-
» pétuant dans les abbayes. »

Au sortir du xe siècle, ce « siècle de fer » qui ne se termina pas, ainsi qu'on le croyait, par la fin du monde, il y eut comme un réveil de l'intelligence assoupie : en sortant de sa léthargie, le moyen-âge chercha à penser, à mettre de l'ordre dans ses idées, à comprendre ses croyances. Il lui fallait pour cela une méthode qui lui enseignât l'art de penser. Le jour où il la trouva, il laissa éclater une joie enfantine et s'élança avec une ardeur mal contenue sur les traces du maître qu'il venait de se donner. Ce maître, Messieurs, c'était un des plus grands génies de l'antiquité, Aristote ; un Aristote défiguré, il est vrai, par des traductions successives, mais qui, en passant du grec en syriaque, du syriaque en arabe, et de là en latin, avait pourtant conservé, sinon la précision des termes, au moins la netteté de ses idées.

C'est le génie de la Grèce, Messieurs, qui provoque, au XIe siècle, ce grand mouvement intellectuel qu'on appelle l'avènement de la Scolastique; c'est lui qui ramène en triomphe dans les écoles, dont le nombre s'accroît de jour en jour, la philosophie comme une « servante », mais une servante nécessaire de la théologie]. Deux Italiens, Lanfranc et S. Anselme, apportent dans le Nord l'esprit nouveau : Pierre Lombard le fait entrer par la brèche dans la science du temps, et l'élan est si puissant que l'autorité de S. Bernard lui-même ne peut plus retenir les esprits dans le respect pur et simple de la tradition. On s'incline toujours devant l'autorité des textes, mais on veut consolider cette autorité par des raisonnements, sauf à faire ensuite de ces raisonnements des textes aussi sacrés que les premiers.

Depuis lors, quoi qu'on fasse, il y a lieu de distinguer ceux qui croient en aveugles et ceux qui savent, et le

« maître de ceux qui savent *(il maestro di color che sanno)*»
comme l'appelle Dante, c'est Aristote.

Il était plus difficile de renouveler la littérature. Là, tout
était à créer, les idées, le goût, la langue. La pensée a
besoin, pour prendre une forme durable, d'un instrument
qui soit parfaitement adapté à ses procédés, à sa méthode,
et qui la contienne sans la contraindre. Cet instrument,
elle finit toujours par l'avoir puisqu'elle se le fait elle-même ;
mais ce n'est pas là le travail d'un jour ni d'une géné-
ration, et au xie siècle la période d'élaboration des langues
modernes était loin d'être close.

Le latin était bien là : il s'était même accommodé aux
circonstances, il avait renoncé à sa prosodie savante pour se
parer d'ornements plus grossiers ; mais, quoi qu'on fît, la
langue des Romains, rimée ou non, était une forme
surannée. On s'en servait pourtant : les lettrés, outre qu'ils
ne croyaient point à la stabilité des idiomes nouveaux, se
faisaient d'instinct l'écho de leurs modèles et ne songeaient
point à rendre en un patois vulgaire l'inspiration qu'ils
avaient puisée dans les classiques ou les Pères. Ainsi, en
Allemagne, où la langue nationale, vivant sur son propre
fonds, aurait pu sans inconvénient être fixée plus tôt,
puisqu'au ixe siècle elle enfantait déjà des épopées évan-
géliques, et qu'elle suffisait à Notker, au xe siècle, pour
traduire les Catégories d'Aristote et la Consolation de Boèce,
nous voyons Hrotswitha, la poétesse du couvent de Gan-
dersheim, se piquer d'imiter Térence et traduire en langue
savante les idées les plus faites pour être populaires. En Angleterre, où le goût de la poésie latine a été de tout temps
très-vif, on revenait sérieusement aux traditions antiques
et on espérait pour tout de bon des Virgile. Il y eut au

xiiie siècle une guerre de prosodie dans laquelle le poète Geoffroy Vinsauf, défenseur des règles et auteur d'un art poétique (*De novâ poetriâ*), chercha à attirer Innocent III. L'hexamètre triompha du vers léonin, et Joseph d'Exeter, qui devint classique en son temps, chanta dans de vastes épopées la guerre de Troie et Richard-Cœur-de-Lion. En France, Gauthier de Châtillon écrivait d'après Quinte-Curce une *Alexandréide*, et Vital de Blois allait même jusqu'à versifier des imitations de Plaute.

Cette renaissance, vous le sentez, Messieurs, avait un caractère factice et cet enthousiasme ne pouvait pas aboutir. L'avenir appartenait, en dépit de ces illusions, aux langues nouvelles et à l'inspiration populaire. A côté de cette littérature de réminiscences germaient confusément les premières fleurs d'une poésie originale, et de vieilles légendes encore vivifiées par une foi naïve cherchaient à se grouper en cycles épiques. Comme les aèdes homériques, les jongleurs, les troubadours, les trouvères, les minnesingers ébauchaient au jour le jour et sous l'impression du moment les membres épars des poèmes futurs. Est-ce à dire, Messieurs, que l'influence des lettres anciennes ne se soit fait sentir à aucun degré dans cet épanouissement de l'imagination chevaleresque et que le *gay sçavoir* ait absolument ignoré l'antiquité? Pour en juger, remarquez d'abord que cette floraison littéraire commence dans la France méridionale, où les souvenirs laissés par la civilisation antique n'étaient point, comme en Italie, assez forts pour étouffer le génie national, mais conservaient assez d'empire pour le guider et lui donner le goût de la forme: songez ensuite que la verve inculte des jongleurs devint chez les troubadours et trouvères un talent discipliné par un savoir plus étendu ; voyez enfin quel appoint fournit l'antiquité aux fonds d'idées qu'épuisait rapidement la muse prolixe du moyen-âge.

Les exploits des paladins de Charlemagne et les aventures mystiques des chevaliers de la Table Ronde, ailleurs, les sombres légendes germaniques et scandinaves, pouvaient sans doute stimuler indéfiniment l'imagination des poètes ; mais, précisément parce que ces fictions avaient été long-temps portées dans les entrailles du peuple, elles se con-densèrent comme du premier coup en œuvres capitales qui n'avaient réuni tant de beautés qu'en faisant le vide autour d'elles. Après la *Chanson de Roland,* le *Parceval* et les *Niebelungen,* la moisson était faite et il ne restait plus qu'à glaner dans le champ.

Aussi, il vint un moment où rien n'était aussi nouveau que l'antique. Je ne rechercherai point ici si c'est aux an-ciens, à Esope (ou Ysopet, comme disaient nos aïeux) qu'il faut faire remonter l'honneur d'avoir inspiré le roman in-ternational de Renart : l'Allemagne, oubliant un peu la *Batrachomyomachie,* soutient que son génie à elle, son esprit méditatif, a pu seul inventer le *Thierepos,* l'épopée animale, et nous avons bien d'autres différends à vider avec elle avant de trancher celui-là : je parle des vieux cycles épiques travestis et conséquemment rajeunis par l'imagination naïve du temps, l'histoire de la Toison d'or, la guerre de Troie, sur laquelle on était renseigné au plus juste par de prétendus témoins oculaires pris dans les deux camps, un Grec, Dictys de Crète, compagnon d'Idoménée, et un Troyen, Darès-le-Phrygien ; enfin, les campagnes d'Alexandre et les aventures de Virgile l'enchanteur. Les poètes populaires luttèrent sur ce terrain avec les latinistes et il ne tint pas à ces antiquaires improvisés qu'on ne crût les Français descendus de Francus fils de Priam, les Tourangeaux de Turnus, et les rois Bretons de Brutus.

Cette effervescence intellectuelle à laquelle, je crois vous l'avoir montré, l'esprit antique ne resta pas étranger, ne produisit point d'œuvres durables, je veux dire de celles qui ne se laissent plus oublier. Il se peut, et de très-doctes critiques le prétendent, qu'il y ait eu quelque injustice dans l'oubli qui ensevelit si rapidement les œuvres littéraires du XIIe et du XIIIe siècle, mais je ne crois pas qu'il soit prudent d'aller contre le jugement de la postérité. Ce qui manque à ces œuvres vieillies, c'est la vigueur de la pensée, c'est une somme suffisante d'idées générales fortement enchaînées qui auraient donné de la cohésion à ces agrégats de légendes : faute de quoi, elles ne purent fixer ni la langue ni le goût ; le flot passa à travers leur tissu trop lâche et continua de couler pendant des siècles, incertain de sa route, jusqu'à ce qu'en France du moins, il s'épanchât, désormais limpide et reposé, dans le vaste bassin creusé par le génie laborieux du XVIIe siècle.

Ce n'était point à notre pays, Messieurs, ce n'était pas non plus à l'Allemagne qu'il était réservé de précéder les autres nations dans la voie des triomphes durables et de prendre avant elles possession de l'avenir. On vit se produire alors ce phénomène singulier que ceux qui paraissaient être le plus loin du but y arrivèrent les premiers. Pendant que la poésie provençale se mourait d'anémie sur son luth brisé par la main brutale des Français du Nord et exhalait le dernier de ses monotones soupirs ; pendant que les trouvères délaissaient la poésie chevaleresque pour le fabliau satirique et raisonneur ; que les nobles *minnesingers* cédaient la place à l'industrie prosaïque des *maîtres chanteurs,* ces fabricants de vers toisés et vérifiés par leurs corporations respectives ; pendant ce temps, dis-je, la maturité précoce de la littérature italienne s'affirmait par un impérissable chef-d'œuvre. La veille encore, l'Italie n'avait point de langue à elle ; ses poètes hésitants rimaient des *canzoni* provençales ; ses savants écrivaient en latin ou, comme Brunetto Latini, en français, et voilà que tout-à-coup le génie national, qui semblait avoir mal répondu aux excitations parties de la cour de Frédéric II, élève au-dessus des dialectes résumés dans une langue forte et harmonieuse, au-dessus des banalités de l'érotomanie universelle, ce monument austère qu'on appelle la *Divine Comédie.*

Il n'y a point d'effet sans cause, Messieurs, et l'histoire littéraire ne connaît point de miracles. La raison de ce développement rapide du génie italien doit être cherchée dans l'influence non interrompue de la culture antique : les esprits avaient mûri dans ce commerce avec une civilisation supérieure, et, lorsque les lettrés se décidèrent à confier leurs pensées à la langue vulgaire, ils l'élevèrent du premier coup à leur hauteur. Car c'étaient des lettrés Messieurs, que Dante et ses prédécesseurs : je ne sais trop où s'était formé le sicilien Ciullo d'Alcamo, mais Guinicelli, Cavalcanti étaient des philosophes érudits, et Cino Sinibaldi fut professeur de jurisprudence à l'université de Bologne. Quant à l'Alighieri, demandez-lui quels sont ses maîtres ; pour peu que vous vouliez le suivre dans cet Enfer qu'il vous ouvre, il va vous les montrer. Dès le début de son voyage mystique, il est sous la conduite et sous la protection de Virgile, son modèle, son guide (*Duca*), de Virgile devant lequel il est prêt à se prosterner avec un mélange de tendresse filiale et d'enthousiasme artistique qui s'exhalent en éloges passionnés. Je ne puis résister au plaisir de citer cette belle page de la *Divine Comédie :* vous jugerez si le génie antique pouvait être plus noblement compris et plus dignement loué. Aussitôt que Virgile s'est fait connaître : « Es-tu donc ce » Virgile, cette source qui verse un si large fleuve de lan-» gage ? lui répondis-je, le front baissé.

» O toi, honneur et lumière des autres poètes, que je » profite de la longue étude et du grand amour qui m'ont » fait rechercher ton livre.

» Tu es mon maître et mon auteur : tu es bien, toi seul, » celui de qui je tiens le beau style qui m'a fait honneur. »

Remarquez, Messieurs, que le « beau style » dont il s'agit ici désigne les poésies lyriques de Dante, ces sonnets et ces *canzoni* que son chaste amour dédiait à Beatrice Portinari : est-il besoin d'une autre preuve pour montrer que l'art antique prêtait ses grâces même à cette littérature sentimentale qui semble constituer l'originalité propre du moyen-âge ?

A peine avons-nous franchi le seuil de la « cité dolente », que nous rencontrons le chœur harmonieux des poètes antiques, dont le séjour lumineux resplendit au milieu des ténèbres :

« O toi qui honores toute science et tout art, ceux-ci, qui » sont-ils, eux qui ont l'honneur de ne point partager le sort » des autres ?

» Et lui à moi : la glorieuse renommée qui les célèbre » dans le monde de là-haut, leur vaut la miséricorde du » ciel, lequel leur donne cette prérogative.

» En même temps, j'entendis une voix : Faites honneur
» au sublime poète, voici que revient son ombre qui était
» partie.

» Lorsque la voix se tut et s'évanouit, je vis venir à nous
» quatre grandes ombres ; leur visage n'était ni triste ni
» réjoui.

» Le bon maître commença à me dire : Regarde celui
» qui tient cette épée à la main et qui marche en avant des
» trois autres, comme leur chef.

» Celui-là est Homère, poète souverain ; l'autre qui
» s'avance est Horace le satirique, Ovide est le troisième
» et le dernier est Lucain.........

» Ainsi, je vis réunie la belle école de ce maître du
» chant sublime, qui plane, comme l'aigle, au-dessus des
» autres.

» Lorsqu'ils eurent causé quelque peu entre eux, ils se
» tournèrent vers moi en me saluant du geste, et mon maître
» y répondit par un sourire.

» Et ils me firent bien plus d'honneur encore, car ils
» m'admirent dans leur groupe, si bien que je fus le
» sixième parmi ces grands esprits. »

Ne souriez pas, Messieurs, de cet éloge que le poète se
décerne à lui-même. La postérité ne l'a point laissé au rang
où il se place : elle l'a fait monter plus haut.

Entrant avec le groupe poétique dans les Limbes, Dante
contemple errants dans une verte prairie « les grands
esprits à la vue desquels », dit-il, « je m'exalte en moi-
même. » Il s'arrache à regret, pour continuer son lugubre
pèlerinage, à la société de ces génies aimés qu'une théologie impitoyable exilait des cieux.

Plus loin, voici les gardiens de l'enfer antique, Minos,

Pluton, Cerbère, les Parques ; nous traversons le Phlégéthon, le Styx et, penchés sur cette spirale vertigineuse qui s'enfonce comme un coin jusqu'au centre de la terre, nous admirons l'art profond avec lequel Dante a su combiner, dans cette conception grandiose, sa foi, ses haines et son érudition. Dans le Purgatoire, voici Caton d'Utique, martyr de la liberté (de « la liberté qui » est si chère »), et qui n'est point condamné pour s'être donné à lui-même le baptême du sang ; plus haut, Stace qui, à l'en croire, a été converti au christianisme par une églogue prophétique deVirgile. Je ne ferai point, Messieurs, l'inventaire de tout ce que Dante doit à l'antiquité ; il me suffit de constater que l'influence des modèles classiques n'est point absente de la grande épopée théologique du moyen-âge. Vous allez voir cet empire des vieilles traditions littéraires s'affermir et s'étendre, diriger, dominer et même — puisqu'il se mêle toujours quelque excès dans les entraînements humains — tyranniser parfois l'Europe de la Renaissance.

On peut dire que la Renaissance commence en Italie avec Dante. La *Divine Comédie* est pénétrée de deux esprits différents qui ne se sont guère unis et équilibrés que dans cette œuvre inimitable, l'esprit scolastique et l'esprit littéraire. L'admiration enthousiaste qu'inspira aux Italiens l'œuvre posthume du grand Florentin ne profita en définitive qu'à la culture littéraire, vers laquelle un goût de jour en jour plus vif entraînait ce peuple, alors le plus savant et le plus opulent du monde. La théologie scolastique avait des entraves trop rudes pour des esprits décidés à chercher dans l'art des jouissances plus larges et plus faciles. Personne ne songea à imiter l'heureuse audace de Dante, et ne tenta après lui de plier la rigidité du dogme aux caprices de l'imagination. Pétrarque, qui fut au xıv^e siècle l'arbitre du goût, rompit avec les habitudes du moyen-âge, et décida le triomphe de l'art antique. Sans doute, Messieurs, à la distance où nous sommes, nous voyons surtout dans Pétrarque l'amant incurable de Laure de Noves, le parfait soupirant conforme, ou peu s'en faut, au type créé par le moyen-âge : mais je veux me placer au point de vue où se plaçait le poète lui-même et ne considérer ses élégies que comme les moins sérieux de ses travaux. Sa passion pour l'antiquité, en particulier pour Cicéron, fut aussi vive, aussi durable et peut-être plus sincère que celle dont il fit retentir les échos de Vaucluse. Jeune, il négligeait pour ses chers classiques la jurisprudence et la scolastique : à Bologne comme à Montpellier — où il passa quatre années — le latin barbare des écoles lui inspirait un invincible dégoût : dans son âge mûr, on le vit fouiller les bibliothèques pour arracher à l'oubli les œuvres anciennes, copier de sa main les textes retrouvés et communiquer son ardeur à ses contemporains.

Le monde antique était la patrie de son imagination : s'il en fallait d'autres preuves, je vous montrerais cette contemplation incessante supprimant en quelque sorte les distances, et lui inspirant l'idée bizarre d'écrire des épîtres confidentielles aux hommes illustres de l'antiquité. J'avouerai même, si l'on veut, que le cicéronianisme de Pétrarque faillit le fourvoyer et lui fit dédaigner l'honneur de former la prose italienne. C'est en latin, en effet, qu'il écrivit toutes ses œuvres en prose : c'est pour son poème latin *(Africa)* qu'il fut couronné au Capitole, et c'est en qualité de chantre d'Annibal qu'il espérait s'asseoir entre

Homère et Virgile. Entre Homère et Virgile ! la place était
déjà prise et Pétrarque affectait de l'ignorer. Il me serait
facile, Messieurs, de rectifier, aux dépens de l'honneur du
poète, ce que je disais tout à l'heure de son dédain pour la
langue nationale. J'affirmerais d'abord, en rappelant la
complaisance avec laquelle Pétrarque savoura les louanges
des admirateurs de ses poésies lyriques, et ses propres
aveux, que ce dédain était peu sincère ; je chercherais
enfin la raison de son latinisme obstiné dans la secrète
envie que lui inspirait la gloire de Dante. Mais j'aime mieux
convenir que le culte de l'antiquité l'a tenu dans une illusion partagée après lui par tant d'autres.

Les lettres anciennes eurent, à la même époque, un
autre admirateur et un second apôtre en la personne de
Boccace. Cette fois encore, il faut avertir que nous avons
à apprécier les services rendus par l'érudit plutôt que la
valeur intrinsèque du poète et du novelliste. Boccace
compléta l'éducation du XIVe siècle en dépensant, à faire
connaître la littérature grecque, autant de zèle que Pétrarque en mettait au service des classiques latins. Destiné
d'abord au négoce, puis étudiant en droit canon, il sentit
pour l'antiquité un entraînement irrésistible qui lui donna
le courage de recommencer à vingt-cinq ans son éducation
et de dépasser en érudition son illustre contemporain. Plus
tard, écolier à barbe grise, il passait trois années à étudier
Homère sous la direction de Léonce Pilate de Thessalonique
qu'il appelle une « bibliothèque ambulante », et rédigeait
en latin, d'après les leçons de ce maître, un grand traité
de mythologie. Enfin, comme Pétrarque, il employa sa
fortune et ses loisirs à rassembler et à faire copier des
manuscrits.

Boccace a largement profité de ses patientes études. Je ne parle point de ses poésies, qui semblent inspirées par la muse légère et railleuse d'Ovide, mais de l'ample tissu de sa prose, qui reproduit les larges touches et les solides couleurs de la période cicéronienne. On avait écrit en prose vulgaire avant Boccace : les chroniques de Malespini, de Dino Compagni, des Villani, sont loin d'être informes, et pourtant les historiens de la littérature italienne s'accordent à regarder l'auteur du *Décaméron* comme le premier qui ait élevé la prose à la dignité littéraire. Le progrès fut soudain, et il est hors de doute qu'il s'est accompli par l'imitation des procédés antiques : entre le dernier des Villani et Boccace s'est interposé, non pas le temps — ils sont à peu près contemporains — mais un plus grand maître, l'art classique.

La réaction, provoquée par Pétrarque et Boccace en faveur de l'antiquité, ne devait pas être un engouement passager. L'enthousiasme ne fit que grandir après eux. Florence se remplit de professeurs de belles-lettres, de philologues, comme Jean de Ravenne et Emmanuel Chrysoloras ; les manuscrits y affluaient, exhumés des cloîtres de l'Occident et de l'Orient par des chercheurs infatigables, comme Niccoli, Michelozzi, le Pogge... etc.; l'entraînement gagna jusqu'aux femmes, dont bon nombre pâlirent sur le latin et le grec : enfin, les Médicis organisèrent et encouragèrent ce mouvement spontané des esprits; le pape Nicolas V rivalisa de générosité intelligente avec les Médicis, et l'imprimerie rendit impérissable le résultat de tant de travaux. La Renaissance était faite.

Ce serait mal connaître les lois de l'esprit humain, Messieurs, que d'attendre d'un siècle absorbé par ce labeur opiniâtre une grande originalité littéraire. Il y a les générations qui sèment et celles qui recueillent : c'est à ces dernières de ne.pas oublier à quel prix est achetée leur gloire, et d'admettre à l'honneur celles qui furent à la peine. Le XVe siècle fut en Italie ce que devait être en France le XVIe, une période de transformation tumultueuse, de tâtonnements, de théories improvisées, d'essais hâtifs, avec cette différence que l'Italie avait du moins sa langue fixée, et que la France livrait la sienne aux expériences tentées sur elle par l'école de Ronsard. Cet avantage immense que les œuvres des illustres *trécentistes* assuraient à leur patrie, fut pourtant méconnu audelà des monts par les hommes les plus distingués du XVe siècle. La science traîne souvent après elle un peu de pédantisme, et je crois que s'ils avaient moins bien su le latin, les lettrés de l'époque n'auraient point dédaigné la langue vulgaire qui avait suffi déjà à exprimer de si nobles pensées. Quoi qu'il en soit, il ne me coûte point d'avouer que l'amour mal réglé des lettres anciennes menaçait alors de détruire la littérature nationale, qu'une imitation plus sage de l'antiquité avait tirée de l'enfance, et lui enlevait l'élite des beaux esprits. Tous ceux qui avaient rang parmi les doctes écrivaient en latin, et se fatiguaient à enfermer leur pensée dans le vocabulaire de Cicéron : ils croyaient sérieusement à la résurrection de la langue universelle, et espéraient l'imposer encore, comme avaient fait ceux qu'ils se plaisaient à appeler leurs ancêtres, les Romains, à des peuples dociles. C'était là une chimère, sans doute, mais il ne faut pas croire que le temps qu'ils ont passé à la poursuivre ait été du temps perdu. S'ils n'ont rien fait pour la littérature italienne, ils ont réellement travaillé pour l'Europe entière. Leurs ouvrages, accessibles aux lettrés de tout pays, leurs traductions des auteurs grecs, leurs commentaires, leurs travaux archéologiques répandirent partout, surtout en France et en Hollande, la science et le goût. Les érudits de Florence ont restauré les monuments littéraires de l'antiquité, ceux de Rome ont fondé l'archéologie classique.

Je n'oublie pas, Messieurs, que je me suis engagé à vous montrer l'influence vivifiante exercée par le génie antique sur les littératures modernes, et, sans nous attarder à estimer la valeur des œuvres produites, dans l'espace de plus de deux siècles, par des latinistes de tout pays, nous allons voir comment l'Italie déjà dotée d'une poésie épique, d'une poésie lyrique, et d'une prose opulente, emprunta encore aux anciens la forme la plus brillante de la pensée, la poésie dramatique.

Vous savez, Messieurs, que le moyen-âge avait déjà mis en action les récits de l'Écriture-Sainte et traduit aux yeux les pieuses légendes de la vie des Saints. Le drame religieux était sorti, pour ainsi dire, sans effort, des graves cérémonies du culte chrétien. Sous l'impulsion d'une foi ardente qui donnait un relief puissant à des souvenirs sans cesse ravivés par les symboles de la liturgie aussi bien que par l'enseignement du dogme, des siècles et des peuples relativement grossiers retrouvèrent d'instinct une forme littéraire que le génie grec lui-même ne conçut que tard et à laquelle il n'arriva que par des voies détournées. Je ne me prévaudrai point, pour rattacher les Mystères aux traditions de l'art antique, de ce drame grec intitulé le *Christ souffrant*, qui paraît dater du IVe siècle, ou des comédies édifiantes de Hrotswitha, ou des habitudes

que le culte païen avait laissées dans les classes populaires.
Loin de contester l'initiative spontanée du moyen-âge en
cette matière, je serais plutôt prêt à m'étonner que l'antiquité n'ait point procédé de la même façon, et que l'idée
ne soit pas venue aux rhapsodes de se tailler des rôles
dans mainte scène épique où des dialogues tout faits se
seraient facilement changés en drame devant les exigences
d'un auditoire plus réaliste. L'épopée eût ainsi enfanté
directement le drame, comme le voulait la logique de
Platon qui appelle toujours Homère un « poète tragique. »

Mais, Messieurs, les mêmes causes qui ont frappé d'une
prompte stérilité l'épopée religieuse au moyen-âge et n'ont
rien laissé grandir à l'ombre de la *Divine Comédie*, ces
mêmes causes ont arrêté le développement du drame religieux. Le christianisme n'est point, comme les religions d'autrefois, un assemblage confus de traditions diverses, une
collection de souvenirs et de symboles où la fantaisie indivi-
duelle puisse choisir à son gré : il sait que la vérité est une,
et ni dans son dogme, ni dans sa morale, il ne laisse pénétrer
l'arbitraire. Eh bien ! Messieurs, les muses s'accommodent
mal de règles aussi inflexibles : le poète est chose ailée,
comme dit Platon, et il aime à voler en liberté. Ni Dante
malgré sa science théologique, ni Milton malgré son pu-
ritanisme, ni Klopstock malgré sa piété sincère, n'ont pu
se maintenir dans la rigueur de la doctrine. Ils ont pris
quelquefois parti pour la nature contre la loi immuable et
sacrifié l'orthodoxie au pathétique. Dante condamne bien
à l'enfer Françoise de Rimini et son séducteur, mais la
justice divine ne sépare point ce que le péché a uni ; les
deux amants pleurés par le poète, vengés par la damnation
de leur bourreau, confondent leurs larmes et se consolent

dans une éternelle étreinte ; Klopstock ramène au ciel des démons purifiés par le repentir. Quant à Milton, Châteaubriand, qui n'est pourtant pas un théologien bien sévère, trouve dans son poème des débris de toutes les hérésies et de tous les systèmes philosophiques. Le drame était, par sa nature même, bien plus exposé à des tentations dangereuses. Né du sentiment populaire, il devait obéir aux goûts de la foule bien plus qu'à la prudence des dépositaires de la doctrine. A supposer que l'intégrité de la foi ne courût aucun danger, il était impossible d'éviter que les personnages odieux ou sacrifiés ne devinssent peu à peu des comparses grotesques ; que Barabbas, le Juif-Errant, l'ânesse de Balaam, le compagnon de S. Antoine et le diable ne fussent pas un peu chargés de dérider l'auditoire. La farce entrait ainsi de plain-pied dans le Mystère. Aussi l'Eglise finit-elle par éloigner de ses temples ces représentations équivoques qui ne tardèrent pas à devenir un genre faux. Lorsqu'ils cessèrent de faire appel à la foi, sans avoir, pour captiver les intelligences, les ressources de l'art, les Mystères n'avaient plus qu'à céder la scène à des types dramatiques mieux conçus et plus durables. C'est alors que reparut la tragédie antique, prête à prendre une place qui ne doit point rester inoccupée.

Je n'ignore pas, Messieurs, qu'aujourd'hui surtout, cette résurrection est loin d'être saluée par tout le monde comme un évènement heureux : on se dit que l'Angleterre et l'Espagne, pour s'être mieux défendues contre l'invasion de l'art classique, ont eu une littérature dramatique plus originale ; que Shakspeare et Lope de Vega ont su garder les libres allures et la féconde variété des Mystères, et qu'à tout prendre, la meilleure manière d'imiter les anciens était de faire comme eux, de puiser largement et librement dans le fonds national.

Au risque de vous surprendre, je vous dirai, Messieurs, que je suis assez de cet avis ; mais j'ajoute que si cette brusque intrusion de l'art antique doit être regrettée par quelqu'un, ce n'est certes point par les compatriotes de Corneille et de Racine. En France, le drame chrétien avait vieilli plus vite qu'ailleurs. L'esprit français, avec sa clairvoyance impitoyable, réduit toute chose à ses proportions réelles ; il ne faut pas trop compter sur sa bonne volonté pour soutenir l'illusion dramatique : la moindre note discordante réveille sa malice naturelle, et le voilà qui s'égaie aux dépens des imprudents assez malavisés pour n'avoir que de la bonne volonté. Les braves artisans enrôlés dans la *Confrérie de la Passion* n'étaient pas toujours de force à faire parler les personnages majestueux, et rien n'est plus ridicule, comme on sait, que le ridicule solennel.

Il paraît qu'il n'en était pas de même en Italie et que les Mystères ou *rappresentazioni* s'y transformaient, sans rien perdre de leur dignité, en drames chevaleresques, lorsque les érudits du xvᵉ siècle les firent reculer devant le système dramatique des anciens. S'il y a eu excès de zèle archéologique, l'Italie, qui imposa ensuite à la France ce renouvellement de l'art théâtral, ne peut s'en prendre qu'à elle-même. Mais ce qui me ferait croire que, cette fois encore, l'art antique prévalut par le seul effet de sa supériorité sur l'économie confuse du drame populaire, c'est que, un siècle avant l'époque dont nous parlons, un contemporain de Dante, Mussato de Padoue, voulant traduire sur la scène et flétrir à jamais la mémoire de son affreux compatriote, Ezzelino da Romano , avait déjà emprunté la langue, la versification et la méthode de Sénèque le tragique.

Mussato était dans la bonne voie : il n'y avait qu'à éliminer le latin dont il s'était servi faute de mieux, et l'on aurait pu, à son exemple, discipliner l'art sans l'arracher, pour le transporter dans les régions un peu froides de la mythologie antique, au sol fécondé par l'imagination populaire. Mais le goût des lettrés et de leurs protecteurs l'emporta : Ange Politien donna le signal avec son *Orfeo* représenté à la cour des Gonzague de Mantoue ; la maison d'Este, à Ferrare, ouvrit un théâtre magnifique aux traducteurs et aux imitateurs des œuvres antiques : l'impulsion fut irrésistible, et les tenants du moyen-âge, s'il en restait, ne purent résister à l'effrayante fécondité de la nouvelle école. La Comédie reprit du même coup son rang dans la littérature dramatique. Ici , aucun regret ne tempère la joie qu'inspire une pareille conquête ; car l'Italie s'appropria ce superbe moule du bon sens aimable sans rien sacrifier de ce qu'elle possédait déjà. Ce qu'elle possédait déjà, Messieurs , c'était la vieille Atellane osque ou latine, expression spontanée et toujours renaissante de la gaîté populaire, avec ses types traditionnels, dupeurs et dupés, généralement composés, les uns d'un esprit fin et d'un estomac vide, les autres d'un cerveau annihilé par la prédominance des gros appétits, Maccus, Bucco, Manducus, Pappus , Dossennus , devenus , suivant les préférences locales, ici Arlequin ou Scaramouche, là Zanne ou Brighella, ailleurs Polichinelle. Cette «comédie de métier» ou de tradition, *(commedia dell'arte)* comme on l'appelait, subsista comme un genre à part à côté de la « comédie savante (*commedia erudita*) » , qui, de son côté, eut la bonne fortune d'être introduite dans le monde par des esprits supérieurs et capables d'originalité, comme l'Arioste et Machiavel. En même temps, la fièvre d'érudition ayant fait place à une activité régulière et libre de l'esprit, on vit l'heureux accord de l'art antique et de l'inspiration moderne se manifester par une renaissance de l'épopée chevaleresque qui, parée de toutes les grâces du langage, de toutes les séductions du merveilleux, réussit deux fois au moins en un siècle à combiner, dans ses héroïnes, la passion cérémonieuse de la dame du moyen-âge avec la fougue guerrière des Amazones, et dans ses héros, l'intrépidité obstinée des paladins avec la bravoure éloquente des guerriers antiques. L'Italie, que j'appellerais volontiers la fille aînée de la civilisation antique, est peut être la seule nation moderne qui ait recueilli sur son sol trois moissons épiques mùries sous des influences diverses, et dont le génie narratif, parti des hauteurs du surnaturel avec Dante, après avoir traversé à mi-côte les régions enchantées où folâtre l'imagination de l'Arioste, ait encore rencontré, avant de mettre le pied sur le terrain des réalités, ces fictions gracieuses et tendres que la muse du Tasse fait planer sur l'histoire lointaine des Croisades.

En m'arrêtant — avec quelque complaisance, je l'avoue, — sur les origines et la prompte rénovation de la littérature italienne, je n'ai point prétendu introduire dans un sujet déjà trop vaste une digression inutile. J'ai plutôt abrégé ma tâche en vous montrant comment le souffle vivifiant de l'antiquité, insensible d'abord mais présent, puis violent, puis régulier, alluma en Italie comme un nouveau foyer d'inspiration qui rayonna ensuite sur toute l'Europe.

C'est qu'en effet, Messieurs, les littératures qui semblent avoir eu l'éclosion là plus spontanée procèdent de l'antiquité, soit directement, soit indirectement par l'imitation de l'art italien. Lorsque, au xive siècle, l'Angleterre se délivra, par une brusque volte-face, de l'idiome de ses conquérants et jeta les premières assises de sa littérature nationale, la muse de Gower et de Chaucer demanda ses inspirations à Ovide, à Pétrarque et à Boccace. Au xvie siècle, l'Arioste et le Tasse n'eurent pas moins d'imitateurs de l'autre côté de la Manche, et des imitateurs illustres, comme Surrey, Spenser, Sidney. Du reste les Anglais ne font nulle difficulté d'avouer que leur langue s'est polie, leur versification assouplie sous l'influence de la Renaissance italienne. Shakspeare lui-même — que je ne veux certes pas faire passer pour un érudit — compléta pourtant son éducation vagabonde par la lecture de Plutarque, ainsi que des novellistes et dramaturges italiens.

L'Espagne, si rebelle d'ordinaire aux influences du dehors, subit aussi le charme : l'Italie, dont elle tyrannisait plus de la moitié au xvie siècle, la conquit à son tour, comme jadis la Grèce vaincue avait dominé ses vainqueurs. Ce n'est pas que tout fût à refaire au-delà des Pyrénées. L'antiquité avait déjà repris possession, dans une certaine mesure, du pays qui jadis avait été si complètement dominé par la civilisation romaine. Dès le xive siècle, Pedro de Ayala s'essayait à imiter Tite-Live après l'avoir traduit : au xve, le marquis de Villena faisait passer dans la langue espagnole la Rhétorique de Cicéron, la Pharsale, l'Enéide et la Divine Comédie. Les fanatiques eurent beau jeter au feu sa bibliothèque, ils n'empêchèrent point les esprits de se tourner vers les modèles de l'art profane ; ils n'empêchèrent pas au siècle suivant Boscan et Garcilaso de la Vega de se mettre à l'école des Italiens, et Ponce de Léon d'être un Horace chrétien. Le mouvement gagna le Portugal qui vit s'ouvrir, sous ces auspices, l'âge d'or de sa littérature. En même temps, à l'autre bout de l'Europe, la Pologne, toute imprégnée de l'esprit classique et à demi conquise par la langue latine, se hâtait de fixer dans des œuvres durables, visiblement inspirées par la Renaissance italienne, le souvenir de sa prospérité fugitive.

Rassurez-vous, Messieurs, bien que d'ici la Scandinavie nous tende les bras, comme jadis la Sicile à Pyrrhus, je ne vous mènerai point jusqu'au pôle Nord. Je passe sur la Renaissance française qui ne put que préparer l'avènement de notre littérature définitive : vous savez qu'elle reproduisit à peu près les phases de la Renaissance italienne, en ajoutant à la période des exagérations érudites la tentative bien autrement déraisonnable de modifier intimement la langue et la prosodie : tant il est vrai que notre génie national, épris de la perfection, dédaigne facilement les lenteurs du progrès mesuré et délaisse parfois le bien pour courir après le mieux!

Il ne me reste plus, Messieurs, pour clore cette revue rapide des origines de nos littératures modernes, qu'à jeter un coup d'œil sur le laborieux enfantement des lettres germaniques. C'est là peut-être que nous verrons le mieux jusqu'à quel point l'influence de la tradition antique était nécessaire, même aux esprits les plus éloignés du type gréco-romain. Les Germains avaient eu, à n'en pas douter, une poésie primitive dont il nous reste des débris dans les *Eddas* et les *Niebelungen*. Cette poésie ne chantait guère que la lutte et le carnage : elle mourut pour n'avoir pu sortir de cette idée fixe. Plus tard, la voix de nos troubadours et de nos trouvères éveille les échos d'outre-Rhin : cette fois, au lieu de chanter la guerre seulement, on chante la guerre et l'amour. Ce n'était point assez encore; la décadence simultanée et irrémédiable de la littérature chevaleresque dans les divers pays de l'Europe le prouva suffisamment. L'esprit germanique, en dépit de la spontanéité qu'il aime à s'attribuer, n'avait donc encore tiré de son propre fonds aucune œuvre définitive, aucun type littéraire durable. Vint la Renaissance. Les pays allemands étaient alors si grossiers que ce courant intellectuel ne put les pénétrer. L'imprimerie, née sur les bords du Rhin, sembla fuir le peuple de lansquenets auquel appartenaient ses inventeurs. Les guerres de religion compromirent ce qui restait en Allemagne de culture intellectuelle et rendirent à peu près stériles les efforts d'Opitz, le Malherbe allemand, qui prêcha d'exemple le retour à la tradition antique. La crise terminée, l'Allemagne se trouva, plus barbare qu'au moyen-âge, en face du siècle de Louis XIV.

Cette fois encore, l'originalité allemande se résigna à l'imitation. L'école de Gottsched, les yeux fixés sur nos classiques, trancha, émonda, définit les genres, anoblit une partie de la langue au détriment de l'autre, bref, imposa au génie national des entraves que l'esprit français a pu seul porter sans faiblir. Une réaction se fit qui plaça enfin l'Allemagne dans sa véritable voie. Eh bien! Messieurs, cette réaction, en éliminant le goût français, ne commit point la faute de rejeter les procédés moins rigoureux de l'art antique. Klopstock, grand lecteur d'Homère, rejette le vers syllabique pour adopter l'hexamètre gréco-romain ; Lessing, un érudit doué d'un grand sens critique, élargit et assouplit la législation littéraire, en invoquant, contre les exigences françaises, Aristote lui-même et les classiques anciens. L'antiquité, élevée au-dessus des querelles de coterie, préside également aux efforts des écoles les plus irréconciliables : elle domine les anacréontiques de Halle, qui protestent contre le mysticisme, et, à Gœttingen, elle pénètre avec Voss, le traducteur d'Homère, dans le bois sacré où dansaient les romantiques échevelés du *Hainbund.* Enfin Gœthe, « le grand païen », ramène en triomphe le chœur des muses grecques, et consomme ainsi l'union désormais irrévocable du génie national, dont il est l'expression la plus complète, avec l'art antique.

Je m'arrête, Messieurs, et, de peur de lasser votre attention, j'impose des limites à un sujet qui n'en a point. Dans cette course rapide à travers tant de générations diverses, je n'ai pu que noter au passage et caractériser d'une manière bien incomplète les symptômes qui, d'âge en âge, attestent l'indestructible vitalité de l'esprit antique. Suivre pas à pas l'influence féconde qu'il exerce, analyser les divers modes d'action de cette force, tantôt latente, tantôt pleinement manifestée, préciser la part qui lui revient non-seulement dans l'œuvre de la civilisation générale, mais dans l'élaboration des divers genres littéraires, est une tâche qui ne saurait être ni abordée dans un discours, ni achevée en un volume. Pourtant, si insuffisants que puissent être les aperçus qui précèdent, vous avez pu vous convaincre que les peuples modernes doivent à l'antiquité, plus ou moins directement connue, les formes traditionnelles de l'art, sans lesquelles la pensée vagabonde et lassée par sa propre inconstance s'épuise avant de s'être élevée à la dignité littéraire.

Je remets à un autre jour , Messieurs , le soin de vous montrer aussi que ces progrès de l'art n'ont point été achetés au prix d'une sorte d'empoisonnement moral , et que cette nourriture, dont a vécu et vit encore le sens littéraire, n'a point vicié le cœur pour hâter la maturité de l'intelligence. Nous verrons ensemble si, comme on l'a dit avec une emphase qui n'est pas une garantie d'impartialité, l'esprit que perpétue et que propage l'enseignement des lettres classiques est bien le *Ver rongeur des Sociétés modernes*, de ces sociétés que les pessimistes s'obstinent à nous représenter comme agonisantes, mais qui se sentent au contraire pleines d'énergie et sûres de l'avenir.

II.

DE LA VALEUR MORALE DES LETTRES ANCIENNES.

Messieurs ,

Je crois vous avoir montré, dans notre dernier entretien, autant que me l'ont permis l'insuffisance de mes forces et la nécessité d'arriver rapidement à une conclusion, combien a été puissante l'influence exercée par le génie antique sur l'éducation intellectuelle des peuples modernes. Or, pour qui se fait une idée exacte de la nature humaine, pour qui n'élève point de vaines barrières entre l'intelligence et le cœur, entre l'entendement et la volonté, il est évident que cette influence, si active et si prolongée, a dû

avoir des conséquences morales, et vous avez le droit
d'être édifiés sur les tendances que représente et que propage l'enseignement des lettres classiques ; vous avez le
droit de savoir si ce parfum qu'il verse dans les âmes et
qu'elles gardent toujours,

> *Quo semel est imbuta recens servabit odorem*
> *Testa diù............*

si ce parfum, dis-je, ne recèle point quelque propriété
délétère.

Je laisserai donc de côté aujourd'hui toute préoccupation
littéraire : je ne défendrai point, par exemple, Homère
contre Zoïle ou contre Lamotte ; je me garderai bien de
réveiller la querelle oubliée des Anciens et des Modernes,
à laquelle je faisais allusion l'autre jour : ces débats seraient
superflus, car, pour ce qui est des ouvrages de l'esprit, il
n'est pas vrai de dire qu'en ce monde, les plus belles
choses aient le pire destin. La gloire littéraire de l'antiquité n'est pas et n'a jamais été sérieusement en péril.

Il n'en est pas tout-à-fait ainsi de sa réputation de mora-
lité : c'est sur ce point, signalé comme le plus vulnérable,
que convergent les critiques plus ou moins acerbes, mais
toujours passionnées, des polémistes que les vicissitudes
de la pensée humaine ont, à diverses époques, armés
contre le génie indulgent de l'antiquité. Vous remarquerez,
Messieurs, que ces critiques ont été des armes, des armes
de combat ; que l'ardeur de la lutte entraîne toujours à des
exagérations, et que, si j'applaudis, en définitive, au
triomphe indiscutable de l'esprit de conciliation, je n'en-
tends jeter aucune défaveur sur ses adversaires. Je me tien-
drai le plus souvent dans le rôle de rapporteur, et j'espère

bien ne rien retrancher de mon impartialité, s'il m'arrive d'essayer celui d'apologiste.

Le combat le plus long, le plus acharné, se livra, on le devine, sur le terrain de la morale religieuse. Il y eut, dès l'antiquité même, comme de légers assauts, précurseurs des querelles futures, livrés à la poésie mythologique par les philosophes. Au vi^e siècle avant notre ère, la philosophie à peine née, par la bouche de Xénophane de Colophon, déclarait outrageuses pour la divinité les fictions homériques : à la même époque, Pythagore, qui citait à l'appui de la métempsycose ses propres souvenirs, disait avoir vu dans le Tartare l'âme d'Homère pendue à un arbre et celle d'Hésiode enchaînée à une colonne d'airain, en punition de leurs outrages aux Dieux. Pour nous faire une idée exacte du scandale que dut produire ce premier coup porté au polythéisme, il faut songer que les poèmes d'Homère, complétés par ceux d'Hésiode, étaient pour ainsi dire le livre sacré des Hellènes, le monument national où reposait, sous la sauvegarde et la garantie des Muses, le trésor des traditions religieuses et historiques du peuple grec : il faut songer surtout que les religions antiques n'étaient point des religions aspirant à être universelles, mais qu'au contraire chaque société s'en faisait une à son image, se créait des dieux qui fussent ses défenseurs à elle contre d'autres peuples et d'autres dieux, si bien qu'une attaque contre la religion était en quelque sorte une trahison envers la patrie. La philosophie eut beau ne prendre à partie que les poètes : on sentit vaguement qu'on était en présence d'un esprit nouveau qui, en élevant le sentiment religieux au-dessus des préférences et des préoccupations locales, allait séparer deux idées peu faites d'ailleurs pour rester longtemps confondues, puisque l'une, l'idée religieuse, ne peut grandir qu'en s'étendant, et que l'autre, l'idée de patrie, ne peut durer si elle ne se concentre et ne se restreint.

Aussi les philosophes furent-ils fort maltraités par les représentants de la tradition, c'est-à-dire les poètes et les orateurs, et le peuple le plus capable de comprendre la portée de cette querelle, le peuple athénien, fut aussi le plus intolérant. Il traitait d'athées, et par conséquent de révolutionnaires, tous ceux qui touchaient à la mythologie. C'est comme athée que Diagoras, Protagoras, Anaxagore furent bannis ; comme suspects d'a'héisme que les élèves et amis d'Anaxagore, Euripide, Phidias, Périclès, Socrate furent persécutés ou mis à mort. Aristophane faisait pleuvoir sur eux (particulièrement sur Euripide, qui, en sa qualité de poète, avait l'air d'un transfuge ouvrant à l'ennemi le sanctuaire des Muses) une grêle de dangereuses plaisanteries. De leur côté, Socrate et ses disciples ripostaient en attaquant, avec presque autant de passion, les favoris du public, les professeurs d'éloquence ou *Sophistes*, qui, s'il fallait en croire les socratiques, enseignaient aux Athéniens, à beaux deniers comptants, l'art de déraisonner. Platon renvoyait aux poètes l'épithète de « songe-creux » que ceux-ci prodiguaient aux philosophes ; il les traitait de « faiseurs de fantômes », parfaitement inutiles à la société, et capables tout au plus de la corrompre : aussi les mettait-il poliment mais catégoriquement à la porte de sa *République,* sans en excepter Homère. Il avait même l'imprudence de dire que les sociétés ne seraient heureuses que le jour où les philosophes seraient rois, et cela, en pleine démocratie, à une époque où l'on se souvenait parfaitement de la catastrophe qui, dans la Grande-Grèce, avait mis fin à l'existence de la communauté pythagoricienne poursuivie pour crime de conspiration politique.

Cependant, tout ce bruit s'apaisa peu à peu. Les Athéniens avaient trop d'esprit pour poursuivre cette lutte à outrance contre la raison philosophique, au nom d'une tradition dont chaque jour emportait un lambeau : ils durent rougir de leur conduite en songeant que Milet se faisait honneur d'avoir produit Thalès, Anaximandre et Anaximène; qu'Éphèse avait demandé des lois à Héraclite et supporté même son refus dédaigneux ; que la petite ville d'Élée avait été tirée de l'obscurité par son école philosophique ; qu'Empédocle avait pu faire le prophète et le demi-dieu tout à son aise à Agrigente; que Lampsaque avait enterré à ses frais cet Anaxagore traqué par eux ; enfin, qu'à leurs portes même, les grossiers Doriens de Mégare donnaient asile à une école socratique. En y regardant de plus près, ils purent s'apercevoir que la philosophie, dont ils se défiaient si fort, était partout, même dans le camp de ses adversaires, et les avait conquis à leur insu. D'ailleurs, les Athéniens les plus obstinés à voir dans la diffusion des idées philosophiques un péril social sentirent bientôt que les Macédoniens étaient autrement dangereux. Il se fit donc un accord tacite entre la tradition et la philosophie : les philosophes cessèrent de déclarer la mythologie scandaleuse ; ils laissèrent dans leurs systèmes une petite place pour les anciens dieux; moyennant quoi, ils purent enseigner en liberté. Il ne resta plus qu'une petite pointe de jalousie, une rivalité d'influence, entre rhéteurs et philosophes : encore la plupart des savants en renom trouvaient-ils moyen d'être à la fois l'un et l'autre.

Le monde pensant, un moment divisé par ces querelles que le bon sens public avait vite apaisées , arriva sans trop d'effort à cette tolérance raisonnée qui est le couronnement de toute civilisation et qui maintient au sein de la société , non pas l'uniformité absolue des opinions, dont la conséquence inévitable serait une stagnation intellectuelle, mais l'harmonie vraiment humaine , l'harmonie dans la diversité. Mais la domination romaine , en arrêtant chez les peuples conquis la vie politique, en abattant les barrières qui les séparaient, et en leur imposant des loisirs forcés, fit mieux sentir l'insuffisance des anciennes conceptions religieuses liées à des patries qui n'existaient plus , à des droits, à des devoirs, à des habitudes dont il ne restait que le souvenir ; elle fit sentir aussi l'insuffisance des systèmes philosophiques qui se maintenaient dans les hautes sphères de la spéculation : il s'était fait un grand vide dans l'existence, et pour le remplir, il ne fallait pas moins qu'une grande conception morale, universelle, immédiatement pratique, absorbante, impérieuse même , qui attirât à elle les forces inoccupées de l'esprit et du cœur.

Le stoïcisme ambitionna l'honneur de fonder cette morale cosmopolite, et se trouva au-dessous d'une pareille tâche : le monde voulait être consolé, et je ne sais rien de plus glacial et de plus désolant que le stoïcisme. Ce que le monde cherchait, le christianisme vint le lui offrir. Sans doute, il allait être accueilli avec enthousiasme ? Oui et non. Il conquit facilement les humbles et les malheureux, les esclaves, les affranchis, les artisans; mais quand, dans sa marche ascendante, il atteignit le niveau des classes lettrées , éclata une lutte terrible. Les doctes trouvèrent sa méthode absurde : les hommes d'État le poursuivirent comme révolutionnaire, et, quand les uns et les autres eurent rendu les armes, il fallut encore disputer aux antiques superstitions l'habitant des campagnes, le villageois *(paganus)*, qui laissa ainsi par hasard son nom à la vieille société dont il avait été le dernier représentant.

Le conflit des opinions est en dehors de mon sujet ; je me bornerai à compter les coups égarés qui, passant par-dessus la tête des combattants, atteignirent les monuments de la littérature ancienne. Je reviens donc à l'époque mémorable où la société gréco-romaine, que nous appellerons désormais la société païenne, se sentit heurtée d'abord, puis pénétrée, envahie, entraînée par un courant d'idées nouvelles qui, après avoir élevé les déshérités au-dessus des découragements et même des espérances vulgaires, commençait à s'infiltrer dans « les temples sereins des sages. » Longtemps confondu avec les mille superstitions venues de l'Orient, tour-à-tour dédaigné, toléré, proscrit, mais toujours mal connu, le christianisme allait enfin tenir la plume et affronter la discussion au grand jour.

. Il faut rendre cette justice aux philosophes, ou du moins aux platoniciens, qu'ils fournirent à l'Église ses premiers apologistes. Quadratus, Aristide, S. Justin, Tatien, Meliton, Athénagore, Clément d'Alexandrie, avaient été amenés en quelque sorte aux pieds du Christ par Platon. C'étaient, à part quelques exceptions, des esprits doux, tolérants, qui tenaient plus à la pureté de la morale qu'à la précision de la doctrine, prêts à bien des concessions, somme toute, des alliés dangereux pour le christianisme militant. On ne savait trop, et peut-être ne savaient-ils pas trop eux-mêmes s'ils comptaient entraîner l'école de Platon vers le christianisme ou faire entrer le christianisme dans l'école de Platon. Ces allures pacifiques ne convenaient guère aux besoins du temps. Il fallait des soldats plus énergiques , de tempérament plus fougueux : le christianisme les trouva dans les rhéteurs africains qui, durant un siècle, formèrent comme l'avant-garde de son armée. Ceux-là se montrèrent plus dévoués au principe de la révélation , mais aussi plus injustes pour la société et la littérature antiques. Je ne parle pas de M. Minucius Felix, qui n'est pas encore bien dégagé des préoccupations philosophiques , mais j'arrive à Tertullien.

Tertullien, dont le zèle exubérant poursuivait le rationalisme sous toutes ses formes, même (et surtout, peut-être) ce rationalisme mitigé et dompté par la foi, qui allait concourir avec elle à développer le dogme nouveau, Tertullien jugea bien sévèrement le monde auquel il avait appartenu jusqu'à son âge mûr. On le vit répudier avec le même dédain les superstitions et les philosophies, le polythéisme et la loi naturelle, protester, argumenter, déclamer, jusqu'à ce que, surexcité par la lutte et se croyant trahi par les siens, il en vînt à tourner contre l'Église elle-même cette mordante hyperbole que lui aussi avait poussée jusqu'à l'excès. Eh bien ! cet athlète enivré du vin de la doctrine, qui n'avait plus que dédain pour les choses humaines, hésita pourtant devant la majesté de la vieille littérature. Il sentit que la proscrire, ce serait arrêter le christianisme dans son essor, ce serait lui interdire la conquête des classes lettrées et mettre par là en péril son triomphe définitif: enfin, il se souvint peut-être qu'il était de Carthage et ne voulut pas dire anathème aux études qui étaient alors l'honneur de sa ville natale. Il accorda donc, bien que de mauvaise grâce et en revenant parfois sur ses concessions, il accorda, dis-je, une place dans l'éducation aux études classiques et les considéra comme une préparation utile à l'étude des lettres sacrées. « Que l'antiquité, dit-il dans son rude langage, serve d'antichambre à la littérature divine. »

Le christianisme pouvait donc vivre en paix avec les Muses. Mais ses adversaires semblaient prendre à tâche de le faire sortir de cette intelligente modération. Ils se moquaient du style exotique de l'Écriture, de l'idiome plébéien et incorrect des auteurs chrétiens, et affectaient de croire que la foi n'allait point sans le solécisme. Arnobe, un africain lui aussi, répliqua vertement; il réclama le droit de se moins préoccuper de la forme que du fond, et voulut montrer que la religion des païens prêtait bien plus à rire que le style inculte des chrétiens. Cependant, il n'était point assez émancipé des traditions classiques pour protester contre le goût et pour s'attaquer à la gloire littéraire du monde profane. Lactance, son disciple, fit mieux; il montra le christianisme réconcilié dans ses écrits avec l'élégance du langage, et mérita le surnom de Cicéron chrétien. En même temps, les Pères de l'Église grecque, les Basile, les Grégoire de Nazianze et les Chrysostome, élèves de Libanius, fils eux-mêmes de rhéteurs, apportaient dans la chaire évangélique une mémoire ornée des plus heureuses réminiscences classiques, une intelligence rassérénée par la culture des lettres, et le désir de ne point rejeter comme impur l'héritage de l'antiquité.

Cette équité convenait au christianisme triomphant; elle convenait surtout à ceux qui avaient connu et aimé de bonne heure le doux génie de la Grèce. S. Basile, dans un discours adressé aux jeunes gens sur l'utilité qu'ils peuvent retirer de la lecture des auteurs profanes, met en évidence, avec autant de tact que d'impartialité, le fonds de solide raison et de saine morale que l'esprit antique a paré de ses grâces. Il engage ses jeunes auditeurs à butiner comme l'abeille dans ce champ de fleurs : il fait avec des citations d'Homère, d'Hésiode, de Théognis, de Solon, de Prodicus, l'éloge de la vertu :« J'ai entendu dire à mon maître, dit-il ingénument, que la poésie d'Homère est d'un bout à l'autre l'éloge de la vertu. » Un évêque chrétien vengeait ainsi Homère des critiques de Xénophane et de Platon.

Et pourtant, la scission que S. Basile voulait prévenir entre l'ancienne et la nouvelle société n'avait jamais été plus près de se consommer. Il ne manquait pas alors d'esprits intolérants (et S. Basile avait sans doute voulu les désarmer) qui dénonçaient la littérature profane comme une source de corruption, et allaient répétant qu'une ignorance candide vaut mieux qu'une science perverse. Déjà Julien avait pris texte de leurs clameurs pour fermer les écoles aux chrétiens. Cette fantaisie tyrannique, retournée plus tard contre les païens par Justinien, avait alarmé les hommes éclairés qui dirigeaient alors l'Église grecque: ils s'étaient hâtés de jeter les fondements d'une littérature chrétienne où se retrouveraient, accommodés aux idées nouvelles, les procédés de l'art antique. S. Grégoire de Nazianze imitait dans ses poésies les gnomiques et les élégiaques : Apollinaire de Laodicée esquissait à la hâte des épopées bibliques et construisait des drames chrétiens d'après les modèles laissés par Euripide et Ménandre.

Mais, chez d'autres, la persécution aigre-douce inventée par Julien ne fit que rendre plus caractérisée et plus partiale la haine de la littérature profane. En Occident surtout, où la décadence marchait à grands pas, où de sombres pressentiments, nés de malheurs trop réels, agitaient et aigrissaient les esprits, où les païens et les chrétiens se renvoyaient mutuellement la responsabilité des maux qui marquaient l'agonie de l'empire romain, où d'ailleurs le goût baissait de jour en jour et où on ne parlait plus qu'avec effort la langue classique, l'étude des lettres profanes était frappée d'une sorte de réprobation. On attribuait à cette étude je ne sais quelle influence fatale : il semblait que la foi ne pût s'implanter profondément dans les intelligences qu'elle avait envahies. « Au commencement du » christianisme », dit le P. Mabillon, « on doutait si les » fidèles pouvaient s'appliquer à ces lectures. On croyait » que leur unique application devait être à l'Écriture » sainte ; que les livres des gentils étaient empoisonnés, » ne respirant partout que l'idolâtrie ou le libertinage ; que » ceux même qui étaient les moins corrompus inspiraient » un certain air tout-à-fait opposé à la simplicité chré- » tienne, et qu'enfin il était impossible de conserver le » goût de l'Écriture et des choses saintes avec celui de ces » auteurs, comme il est impossible d'allier la lumière avec » les ténèbres et le goût des choses du ciel avec celui des » choses de la terre. » Lactance s'écriait avec amertume : « *Litterati minus credunt* », et les faits semblaient lui donner raison. Il était lui-même plus académique qu'orthodoxe ; à l'âge suivant, on vit le paganisme des Symmaque et de leurs doctes amis, puis des Claudien et des Rutilius, se retremper, et la foi superficielle d'Ausone

s'alanguir dans l'amour de la vieille littérature. S. Jérôme
reprit pour son compte le mot de Lactance et le développa
avec la passion qu'il mettait en toutes choses. Après avoir
étudié les lettres jusqu'à s'éprendre d'une véritable adora-
tion pour Cicéron, il s'épouvanta du danger qu'il avait couru.
Son imagination ardente, exaltée par la pénitence et la so-
litude, lui montrait le souverain Juge l'évoquant à son tri-
bunal et le foudroyant de ces mots : « Tu es cicéronien et
non pas chrétien ! » Il voulut donc expier un enthousiasme
sans bornes par une animosité sans mesure ; il déclara
qu'il n'y avait rien de commun entre les chants profanes
du paganisme et les chastes accords de la lyre des pro-
phètes ; qu'il était impossible d'allier Horace avec David,
Virgile avec l'Évangile, S. Paul avec Cicéron. Il comparait
la littérature profane à la nourriture des pourceaux dont
l'Enfant prodigue dut se repaître, et ne voulait voir dans la
sagesse antique que l'œuvre du démon. Tandis que les
esprits conciliants se faisaient honneur de la conformité de
plus d'un dogme chrétien avec les croyances philosophiques,
il regardait, lui, ces analogies comme des contrefaçons
diaboliques de la révélation divine. Cette idée, déjà émise
par Tertullien et par bien d'autres, avait été pourtant vigou-
reusement réfutée par Clément d'Alexandrie, qui, parlant
de la philosophie, s'écrie : « N'est-ce pas une grossière in-
» conséquence d'en attribuer l'invention à celui que l'on
» proclame le père du désordre et de l'iniquité ? A ce
» compte, le démon aurait travaillé à l'amélioration morale
» des Grecs avec un soin plus miséricordieux que la Pro-
» vidence elle-même. » Ces sages paroles ne désarmèrent
pas non plus S. Augustin. Depuis qu'en condamnant le
pélagianisme, il eut fait de l'assistance divine un élément

essentiel de la vertu, S. Augustin ne pouvait plus trouver que vice, que corruption, que fausse vertu dans l'ancien monde et dans sa littérature. Il reprocha à Virgile, son poète favori, de l'avoir corrompu lui-même en l'attendrissant sur les malheurs de Didon, et ne fut guère plus indulgent pour les philosophes. Rencontrant sur son chemin une pensée d'Aristote : « Aristote a dit cela », s'écrie-t-il, « qu'il écoute Jésus-Christ et il tremblera dans les enfers. » Platon, pour lequel il se sentait un invincible attrait, lui parut d'autant plus dangereux qu'il était plus aimable. On ne s'arrête pas dans une pareille voie ; aussi S. Augustin avait-il fini par craindre de trouver un plaisir humain, une jouissance littéraire, jusque dans la lecture de l'Écriture sainte.

L'évêque d'Hippone, Messieurs, creusa entre la société antique et la société chrétienne un abîme qui est resté longtemps béant ; et comme tout excès porte en lui-même sa punition, c'est de cet abîme à demi comblé par le travail des siècles que sortirent plus tard Calvin et Jansénius. S. Augustin fit du monde deux parts : d'un côté, la *Cité de Dieu*, c'est-à dire la société spirituelle des chrétiens ; de l'autre, la société des gentils, irrémédiablement destinée à une réprobation éternelle. Son génie austère et tranchant domina le moyen-âge qui venait de s'ouvrir, et ne fournit que trop d'excuses à la paresse intellectuelle des peuples nouveaux. Ah ! du moins, S. Jérôme et S. Augustin étaient les esprits les plus cultivés de leur temps ; ils voulaient rompre avec l'antiquité, mais ils souffraient eux-mêmes de cette violence ; ils s'efforçaient de la dédaigner, mais ils lui avaient d'abord emprunté sa science, et il y a encore quelque plaisir à voir, comme dit Pascal, la' raison « froissée par ses propres armes. » Mais les mauvais jours étaient venus : les Germains avaient fait peser leur farouche oisiveté sur la civilisation latine, et l'intelligence des vaincus s'épuisait à dégrossir ces barbares. On n'avait plus guère le temps de lire les auteurs anciens, et il semblait qu'on voulût s'en ôter l'envie. Grégoire de Tours accusait la philosophie d'être ennemie de Dieu : S. Ouen demandait quel profit il y a à tirer des grammairiens, des philosophes, et « des tristes chants » des poètes criminels comme Homère, Virgile et Ménan- » dre. » Le pape S. Grégoire-le-Grand défendait au clergé d'enseigner la littérature en disant, comme S. Jérôme, que les louanges de Jupiter ne pouvaient se rencontrer dans la même bouche avec celles de Jésus-Christ. J'ajoute — heureux de compenser une critique par une apologie — que S. Grégoire a été trop puni de ses préventions contre l'antiquité par l'injuste soupçon qui s'est attaché à sa mémoire et qui lui impute la destruction des œuvres de Tite-Live.

Il n'y a rien là, Messieurs, qui puisse alarmer votre équité : si illustres qu'ils soient, les noms que j'ai cités ne représentent que des opinions individuelles ; souvent même ces opinions ne traduisent pas exactement la disposition ordinaire des esprits qui les ont formulées, parce que, comme je vous l'ai dit, il faut tenir compte de l'entraînement belliqueux que développe la controverse. Aussi, l'esprit antique une fois bien mort, le paganisme, comme on l'appelait, une fois bien enterré, les esprits se détendirent. Nous avons vu ensemble les noms d'Homère et de David s'associer à la cour de Charlemagne, Aristote prendre triomphalement les rênes de l'intelligence au moyenàge, et Virgile traîner derrière lui tout un monde d'imitateurs. On restait convaincu que les anciens étaient damnés en masse — Dante lui-même, tout fraîchement sorti de l'école sévère des Thomistes, n'ose pas stipuler une exception en faveur de Virgile ! — ; mais on ne se défiait plus de leurs œuvres, et l'érudition naissante goûtait, en les feuil_letant, un plaisir sans remords.

Mais lorsque l'heureuse curiosité des lettrés eut ouvert tout-à-fait le tombeau de l'antiquité, lorsque la littérature et la philosophie des Grecs et des Romains sortirent, rajeunies par un long oubli, de la poussière des bibliothèques, on sentit circuler dans le monde intellectuel un esprit inconnu jusque-là, quelque chose comme un air tiède qui amollit et fondit rapidement les aspérités de la scolastique. Les mystiques exaltés et trop nourris de théologie poussèrent un cri d'alarme, et la lutte recommença, mollement, il est vrai, car l'antiquité avait conquis du premier coup le centre même de la chrétienté. Des imprudences d'une part, des exagérations de l'autre, voilà tout ce qui fut en cause dans ce nouveau conflit. Les platoniciens de Florence parurent céder à l'attraction intime qui tend à rapprocher dans une fusion indécise le christianisme et les enseignements de Platon : le byzantin Gémiste Pléthon, un des premiers membres de l'académie fondée par Cosme de Médicis, songeait pour tout de bon à inaugurer une religion nouvelle, faite avec des réminiscences de Proclus, des Orphiques et des Mages, et fabriquait pour ce culte théosophique une liturgie de son invention ; on le traitait de païen et il ne s'en défendait guère : Marsile Ficin., le traducteur de Platon, n'était peut-être pas plus orthodoxe. Il n'en fallait pas tant pour enflammer Savona-

role, qui déclara la guerre aux lettres et aux arts profanes,
et, chose étonnante ! réussit un instant à dominer la docte
Florence du xve siècle. Non content d'envoyer Platon
« brûler dans la maison du diable » et de damner les
savants impénitents, ce pauvre fanatique, qui devait finir
par le bûcher, fit plus d'une fois, en pleine place publique,
des holocaustes de livres profanes et d'objets d'art que ses
inquisiteurs imberbes allaient enlever à leurs possesseurs.
Les cicéroniens élégants, les beaux esprits sceptiques et
voluptueux qui peuplaient la cour de Rome n'inspirèrent
pas moins de colère à Luther. Les auteurs profanes payè-
rent pour Léon X ; Luther répéta contre eux les invectives
de S. Jérôme, au grand désespoir de Mélanchthon, il en
proscrivit l'étude, et ne toléra que la grammaire comme
préparation à l'exégèse chrétienne. « Partout où règne le
luthéranisme, disait Érasme, il est la mort de la littérature.»
Ces protestations isolées se perdirent dans l'immense accla-
mation qui accueillit et consacra par toute l'Europe la
Renaissance des lettres classiques.

La renaissance philosophique du xviie siècle, inaugurée
par Bacon et Descartes, parut d'abord hostile à l'antiquité.
Bacon reprochait aux anciens — il visait surtout Sénèque
— d'avoir fait de la philosophie une science chimérique,
dédaigneuse des réalités de la vie : Descartes, voulant
penser sans maître, s'affranchissait aisément de leur joug
qui, d'ailleurs, n'avait jamais pesé bien lourdement sur
lui. Mais au fond, ce que ces deux novateurs voulaient
atteindre, ce qu'ils personnifiaient dans les anciens pour
pouvoir l'attaquer sans danger sous ce nom d'emprunt,
c'était l'esprit doctrinaire qui, depuis tant de siècles, tendait à immobiliser la science dans des textes, l'esprit

scolastique. Il fallait encore de la prudence ; il n'y avait pas si longtemps que l'on avait brûlé à Rome le rêveur pythagoricien Giordano Bruno (1600), et à Toulouse Jules-César Vanini (1619), disciple d'Épicure et de Cardan. S'ils n'avaient pas eu besoin de ruser ainsi avec l'École, les réformateurs de la philosophie et de la science auraient été plus équitables : Hicétas de Syracuse, qui avait découvert jadis le système de Copernic, Archimède, Sénèque même, le Sénèque des *Questions naturelles*, auraient donné satisfaction à Bacon, et Descartes eût retrouvé dans Socrate une bonne moitié de sa méthode.

Port-Royal, Messieurs, a dit aussi son avis sur l'antiquité. On argumentait beaucoup, à cette époque, pour ou contre la vertu des païens. Les solitaires n'étaient pas indulgents, vous le savez, pour la nature humaine : ils avaient sur « la vertu des païens » les mêmes idées que S. Augustin : Nicole trouvait chez les anciens « quantité de faussetés et de grands aveuglements » : il blâmait son ami le comte de Tréville de passer sa vie à lire Homère ; Arnauld couvrait son Horace de ratures au crayon rouge : et pourtant ces âmes si fort en garde contre les tentations subissaient l'irrésistible charme des lettres anciennes. Ils en admiraient et la forme et le fond : Nicole s'extasiait devant ces « beaux moules » de la pensée, et le rigide St.-Cyran déclarait que « la raison humaine a fait ses plus grands efforts avant la loi de grâce. » N'attendons pas les mêmes concessions de Pascal : ce génie inquiet n'a jamais su goûter la sérénité de la littérature antique. Au lieu de dire avec Térence : « Je suis homme et rien d'humain ne m'est étranger », il s'écrie assez brutalement : « Les exemples des morts géné- » reuses des Lacédémoniens et autres ne nous touchent

» guère... nous n'avons point de liaison à eux. » Comme
si l'humanité était trop riche en vertus pour répudier ainsi
ses plus nobles souvenirs !

Mais à part ces exceptions, Messieurs, les moralistes
les plus austères ont aimé l'antiquité, sans que de pareils
scrupules soient venus troubler les satisfactions de leur
intelligence. Il faut arriver au milieu du xixᵉ siècle,
en traversant la Révolution, pour voir s'organiser une
nouvelle levée de boucliers contre l'antiquité. Je ne
rechercherai point ici si le *Génie du Christianisme* de
Châteaubriand ne contenait point implicitement une attaque contre le génie du paganisme ; ou si le romantisme
ne prétendait point déplacer l'idéal moral en même temps
que l'idéal littéraire ; je m'arrête à ce grief étrange que
des écrivains sérieux ont sérieusement articulé contre
l'antiquité, en l'accusant d'avoir provoqué, alimenté et
empiré la grande crise révolutionnaire. Je crois volontiers
(et c'est là un exemple qu'ils ont oublié de faire valoir à
l'appui de leur thèse) qu'au xivᵉ siècle, la lecture des
anciens a pu enflammer l'imagination enthousiaste d'un
Colà di Rienzo ; mais parce que Robespierre citait conti-
nuellement Minos et Lycurgue, que St.-Just prenait le
nom de Brutus, et Babœuf celui de Gracchus, voilà l'antiquité responsable de toutes les utopies écloses dans des
cerveaux surchauffés, la voilà représentée comme une
officine de socialisme d'où il ne sort que des sectaires, des
factieux et des despotes ! Tel est le système développé en
1849 par F. Bastiat, dans un petit pamphlet intitulé
Baccalauréat et Socialisme, système aussitôt repris,
élargi, poussé à l'extrême par un autre polémiste qui fit
plus de bruit sans agir davantage sur l'opinion. Partant de

cette idée, Bastiat déroule la liste des hommes célèbres qui ont perdu le sens moral au contact de l'antiquité, et l'on n'est pas peu surpris d'y voir figurer côte à côte Montaigne, Corneille, Fénelon, Rollin, Montesquieu, Mably et les PP. Jésuites du Paraguay! Bossuet est oublié, mais ceux qui ont lu la 3e partie de son *Discours sur l'Histoire Universelle*, me permettront de le replacer à son rang dans cette liste. Chemin faisant, le placide économiste s'anime, et perdant, lui, le respect de nos gloires les plus pures : « A quel degré d'abjection intellectuelle et » morale », s'écrie-t-il, « la longue fréquentation de l'anti- » quité n'avait-elle pas réduit ce bonhomme Rollin! »

Vous avez fait justice, Messieurs, de ces excès de langage. Je ne m'acharnerai point sur des adversaires déjà terrassés, car l'enseignement classique a triomphé de ces attaques, et, cette fois, Caton lui-même a été du côté des victorieux. Cependant, afin de ne point paraître dédaigneux pour tant et de si respectables adversaires, je vais essayer de redresser celles de leurs préventions qui ont le plus de chance d'être accueillies encore aujourd'hui; pour ce qui regarde les questions de morale générale, le modeste recueil connu sous le nom de *Selectæ* en. dit plus que vingt apologies.

Je sais, Messieurs, que je plaide une cause gagnée; aussi serai-je bref, puisque, si promptement que j'arrive à une conclusion attendue, vous m'y aurez déjà devancé. Vos souvenirs vous ont déjà appris, et, à leur défaut, la seule vraisemblance vous aurait fait deviner que l'antiquité, c'est-à-dire la vie intellectuelle des peuples les mieux doués, les plus capables de spontanéité et de progrès qu'ait enfantés la race aryenne, n'est point un cadre méthodique et rigide dans lequel se rangent et se fixent des opinions toujours semblables à elles-mêmes, fruits d'une intelligence stérilisée et asservie. On peut dire au juste ce que pensaient les Égyptiens ou ce que pensent les Chinois relativement à telle ou telle question; on ne saurait, sans mutiler la pensée antique, donner à une idée quelconque le suffrage collectif des Grecs ou des Romains. Les lettres classiques sont, comme eût dit Aristophane, un vaste « atelier de pensée » où s'agitent les problèmes les plus divers, dans lequel se manifestent à la fois ou prévalent tour à tour les tendances intellectuèlles les plus contraires. Quand on embrasse du regard cette foule remuante dans laquelle il y a place pour les croyants et les sceptiques, les cœurs dévoués et les misanthropes, les têtes froides et les imaginations ardentes, et dans laquelle chaque individu, plus curieux d'apprendre que soucieux de ne pas se contredire, res'ait éminemment accessible aux sollicitations intellectuelles et morales qui composent le cours de la vie humaine, quand, dis-je, on regarde cette foule, on n'ose plus voter en son nom.

Il n'y a donc pas, à vrai dire, d'opinion générale et définitive qu'on puisse attribuer en bloc à l'antiquité, et ces grosses responsabilités qu'on voudrait faire peser sur elle, en admettant qu'elles répondent à quelque dommage réel, pourraient être réparties, par une érudition laborieuse, entre des individus. Mais, je l'ai dit en commençant, Messieurs, je veux bien reconnaître qu'il se dégage de la civilisation gréco-romaine quelques principes plus souvent exprimés dans la littérature, plus largement appliqués dans l'histoire, plus intimement mêlés à la vie des peuples classiques. C'est sur ceux-là que se concentre le débat. Au lieu de l'éviter, en faisant observer que l'étude d'une littérature n'amène point nécessairement un esprit maître de lui-même à s'assimiler les idées qu'elle contient, et que nous sommes les juges autant que les disciples de l'antiquité, voyons ensemble si, après avoir fait vivre la société antique, ces principes seraient capables, comme on l'a prétendu, de faire mourir la nôtre.

Nous pouvons tout d'abord nous désintéresser de ce qui regarde les mythes religieux. Il était de bonne guerre autrefois, quand le paganisme était debout, de relever ce que l'interprétation vulgaire leur donne d'immoralité apparente; mais aujourd'hui que ces fictions devenues inoffensives ont été percées à jour et réduites à l'état d'abstractions par la science historique, la mythologie ne scandalise plus guère que ceux qui ne la connaissent pas. On pourrait aussi justifier l'antiquité du reproche d'idolâtrie. Mais peu importe. Ce qui subsiste, c'est l'exemple donné par les anciens, cet exemple si souvent invoqué par les orateurs chrétiens eux-mêmes pour faire rougir les fidèles de leur indifférence. Oui, Messieurs, le sentiment religieux éclate à chaque page de l'histoire ancienne, il est la base, la sauvegarde des institutions sociales; il se surajoute même, comme une garantie suprême, aux liens les plus sacrés de la nature; enfin, il plonge si profondément dans les entrailles des peuples que les philosophes les plus hardis lui font sa part, et que la démocratie la plus orageuse qui fut jamais ne le laisse point mettre en péril. Sans doute, je le répète, les conceptions religieuses des anciens manquaient de grandeur: elles ne s'élevaient point à l'idée d'une vérité faite pour tous les hommes et ayant autorité au delà des frontières de l'État; mais cette idée, qui ne pouvait manquer longtemps à des peuples aussi expansifs, se fit jour dans les systèmes philosophiques, et si elle resta absente de la religion, c'est que le patriotisme l'empêchait d'y entrer.

L'amour de la patrie, Messieurs, a été la plus grande passion de l'antiquité. C'était, dit Bossuet, le fond d'un Romain : on peut bien dire aussi, en songeant aux Thermopyles, que c'était le fond d'un Grec. Je ne prétends point que Grecs et Romains aient eu le monopole du patriotisme, ou même une aptitude spéciale à s'en pénétrer tout entiers ; la psychologie historique peut nous expliquer pourquoi ce sentiment était chez eux plus vif que chez des peuples groupés en unités moins compactes, moins libres et, par conséquent, moins directement intéressés aux vicissitudes de la chose publique ; mais expliquer, c'est constater, et je considère comme une double gloire pour l'antiquité d'avoir eu à un si haut degré l'amour de la patrie et de l'avoir eu pour de telles causes. « L'idée de » liberté qu'une telle conduite inspirait était admirable,» dit Bossuet. « Car la liberté que se figuraient les Grecs » était une liberté soumise à la loi, c'est-à-dire, à la raison » même reconnue par tout le peuple. Ils ne voulaient pas » que les hommes eussent du pouvoir parmi eux. Les » magistrats, redoutés durant le temps de leur ministère, » redevenaient des particuliers qui ne gardaient d'autorité » qu'autant que leur en donnait leur expérience. La loi » était regardée comme la maîtresse ; c'était elle qui éta- » blissait les magistrats, qui en réglait le pouvoir, et qui » enfin châtiait leur mauvaise administration. Il n'est pas » ici question d'examiner si ces idées sont aussi solides » que spécieuses. Enfin, la Grèce en était charmée, et

» préférait les inconvénients de la liberté à ceux de la
» sujétion légitime, quoiqu'en effet beaucoup moindres.
» Mais comme chaque forme de gouvernement a ses avan-
» tages, celui que la Grèce tirait du sien était que les
» citoyens s'affectionnaient d'autant plus à leur pays qu'ils
» le conduisaient en commun et que chaque particulier
» pouvait parvenir aux premiers honneurs. »

Bastiat n'eût-il pas mieux fait de relire cette belle page,
au lieu de s'écrier dédaigneusement : Qu'était-ce que ce
patriotisme, la haine de l'étranger ! Ah ! Messieurs, cela
paraissait monstrueux chez nous, il y a vingt-cinq ans, la
haine de l'étranger ! C'était le temps des rêves humani-
taires, des synthèses cosmopolites, le temps où ceux qui
n'avaient pas le cœur assez large pour y loger la fraternité
universelle se seraient cru l'esprit étroit s'ils s'étaient
identifiés avec leur pays ; où la littérature, oscillant entre
deux extrêmes, n'exprimait que des sentiments purement
personnels, mais aspirait à tout comprendre. La haine de
l'étranger était un mot vide de sens abandonné aux héros
de théâtre, aux Grecs et aux Polonais.... Je n'achèverai
point ma pensée, Messieurs ; les douleurs nationales sont
de celles qu'il faut voiler ; mais ce n'est point sortir de la
dignité du silence que de dire avec un héros de Racine :

« Que les temps sont changés !.........»

L'étude des lettres anciennes est donc une école de patriotisme, et, au fond, l'excellent économiste que nous
citions tout-à-l'heure est bien près d'en convenir ; mais
c'est ici que nous attendent ses objections les plus graves.
A l'en croire — et il répète ici ce que bien d'autres ont dit
— le respect exagéré dont les anciens entouraient l'âme

de la patrie incarnée dans l'État les portait à considérer
l'autorité publique comme la source du droit, comme in-
vestie du pouvoir de substituer au besoin sa loi aux lois
naturelles, et d'anéantir les volontés individuelles sous
prétexte de les régler. Aussi les utopies socialistes et com-
munistes auraient trouvé là un terrain tout préparé, et
leurs erreurs se glisseraient encore aujourd'hui dans les
esprits avec l'enseignement classique. On se hâte de citer
à l'appui de cette assertion les éloges qui accueillent les
lois de Lycurgue et les théories de Platon.

C'est là, Messieurs, une opinion fort accréditée, et qui,
à force de ne pas être discutée, tend à devenir indiscutable.
On écrit tous les jours que l'antiquité absorbait l'individu
dans l'État, et que la notion du droit individuel a été ap-
portée aux nations modernes par la race germanique. Je
crains bien, Messieurs, que nons ne soyons ici dupes d'une
illusion. Autant il serait ridicule de remanier l'histoire au
gré des passions du moment, autant il serait coupable de
laisser calomnier le fonds d'idées qui constitue encore aujourd'hui le génie propre des peuples latins.

Quand on va aux preuves, on s'aperçoit que cet esprit
germanique a pour caractère principal la prédominance
de la force brutale sur l'idée supérieure de la Loi. C'est
au nom de la force qu'un petit nombre d'hommes, pour
reculer la limite de leurs droits, confisquèrent jadis la
liberté de tous. De là sortit la féodalité : la féodalité qui a
pu être utile à son heure, à titre de progrès sur le chaos,
mais qui n'en a pas moins imposé à l'Europe un joug si
pesant que l'avènement de la royauté absolue a été un
véritable soulagement ; la féodalité qui, lorsqu'elle suc-
comba sous les efforts réunis de la royauté et du peuple,

emporta dans sa chute les malédictions et la haine inexpiable de ceux qu'elle avait opprimés.

Mais enfin, Messieurs, est-il vrai que l'antiquité ait réellement sacrifié l'individu à la société, l'être concret et vivant à une abstraction? Je pourrais vous rappeler ce que disait tout-à-l'heure Bossuet, que le citoyen grec ou romain, en votant les lois, y mettait une part de sa volonté et, en les observant, s'obéissait en quelque sorte à lui-même; mais j'aime mieux vous soumettre cette considération. Est-ce que, soit dans l'histoire politique, soit dans l'histoire littéraire de l'antiquité, vous n'avez pas rencontré des individualités puissantes, des esprits doués d'une grande originalité, des caractères d'une trempe toute personnelle et bien à eux? Eh bien! Messieurs, quand vous voyez une société produire régulièrement un tel contingent d'esprits à la fois indépendants et équilibrés, soyez sûrs que la pression exercée par la collectivité sur l'individu est normale : diminuez cette pression, vous verrez la force expansive de l'individu dépasser la mesure, et le sentiment exagéré du *moi* se produire sous des formes plus ou moins aimables, depuis l'*humour* jusqu'à l'excentricité. J'ajouterai, pour ceux qu'on ne peut satisfaire qu'à ce prix, que l'antiquité a parfaitement toléré les excentriques comme Diogène ou Timon, et qu'à la rigueur, Lucien peut passer pour un humoriste.

Faut-il relever tout ce qu'il y a de superficiel dans ce procès posthume intenté à l'antiquité, au sujet de ses prédilections supposées pour les théories socialistes? La Grèce, Messieurs, divisée en une foule de petits États, a été comme un champ d'expériences où toutes les formes de gouvernement ont été discutées et appliquées. Aristote, pour se préparer à écrire sa *Politique*, avait analysé plus de 300 constitutions. Nous n'avons plus ces notes précieuses, mais nous savons d'ailleurs que les idées socialistes n'ont pénétré que dans certaines lois crétoises et dans la constitution de Sparte. Les Grecs eux-mêmes considéraient ces règlements de caserne comme des anomalies, et l'expérience leur apprit bien vite que c'étaient là des expédients dont la force des choses avait facilement raison. Les Athéniens se sont moqués avant nous de la grossièreté des Spartiates, et de l'avidité avec laquelle ils se jetaient sur le fruit défendu, sitôt qu'ils étaient hors de chez eux. La monnaie de fer ne faisait qu'aiguillonner l'avarice. « C'est l'avarice qui perdra Sparte, et rien autre chose », s'écriait déjà Tyrtée. Les plus grands généraux de Lacédémone, élevés dans cette prétendue école de simplicité et de droiture, ont été à la fois cupides et dissimulés. Les Grecs ont été les premiers à faire ces remarques, et les idées attribuées à Minos ou à Lycurgue n'ont pu franchir le cercle restreint dans lequel les confinait le bon sens public. Les moralistes, il est vrai, y avaient parfois recours : ils y cherchaient des arguments commodes contre le laisser-aller et la mollesse ; mais c'étaient là des lieux communs inoffensifs qu'on retrouve, sans grand dommage, sous la plume de Bossuet lui-même.

La preuve que les Grecs étaient réfractaires au socialisme, c'est que ceux qui l'ont prêché étaient des mécontents. Oui, Messieurs, c'était un mécontent que Platon écrivant la *République* et les *Lois;* il a pris à tâche de donner à sa société idéale une forme diamétralement opposée à celle de la société athénienne, de cette démocratie qu'il aurait fui pour toujours s'il avait pu, comme

Xénophon, se passer d'Athènes. Le meilleur moyen d'enlever tout crédit au socialisme platonicien est de le mieux étudier, de consulter l'histoire, de montrer tout ce qu'il y a de mauvaise humeur et de préoccupations intéressées dans cette utopie fameuse. Du reste, je ne crains guère le socialisme issu de Platon ; celui qu'improvisent des appétits déchaînés est autrement redoutable : comparez, pour vous édifier, le platonisme inoffensif de Th. Morus, dont l'*Utopie* fut pour l'Europe un régal littéraire, et l'épouvantable communisme que les anabaptistes inauguraient à la même époque à Münster, sous le couvert de la Bible.

Je ne suivrai point Bastiat sur le terrain où il cherche à entraîner la discussion. Reprocher aux anciens d'avoir mal défini la propriété, c'est faire entendre qu'ils auraient eu besoin de prendre des leçons d'économie politique, et encore, de telle ou telle école économique. Nos jurisconsultes trouvent en tout cas que les Romains ont assez bien réglé les questions pratiques.

Ailleurs, nous rencontrons çà et là des déclamations plus ou moins fondées sur les hontes de la société antique, l'abus du droit de la guerre, l'esclavage, l'abaissement de la femme.... etc. Les limites de ce discours m'interdisent de motiver mes réserves. Je pourrais presque me contenter de rappeler les contemporains à la modestie. Le *Vœ victis* qui est vieux comme le monde, s'applique tous les jours sous nos yeux, et quant à l'esclavage, il n'y a pas trente ans que M. Wallon a pu dire : sous ce rapport « les temps » modernes n'ont rien à reprocher à l'antiquité. » On se souviendra d'ailleurs, sans que j'aie besoin de le dire, qu'Alexandre et les Romains ont encore plus civilisé que foulé les peuples conquis par eux, et que tous les esclaves n'étaient pas jetés aux murènes d'Asinius Pollion. La loi, la religion protégeaient l'esclave : enfin, remarquez bien ceci, Messieurs, on pouvait sortir d'esclavage. L'antiquité ne refusait même pas aux esclaves les bienfaits de l'éducation : un certain Hermippus avait dressé une longue liste d'esclaves hommes de lettres, et l'on dit qu'Euripide ne dédaignait pas de travailler avec son esclave Céphisophon. La sympathie innée de l'homme pour son semblable corrigeait en partie le vice des institutions. Le drame antique est rempli d'esclaves dévoués. Ouvrez les *Captifs* de Plaute, vous y verrez un esclave s'exposant volontairement à la mort pour rendre la liberté à son maître captif. Du reste, l'adoucissement des mœurs et l'effacement progressif des distinctions aristocratiques tendait à faire disparaître l'esclavage. Déjà Xénophon (un mécontent, comme je vous l'ai dit) se plaignait qu'à Athènes on distinguât à peine l'homme libre de l'esclave. Le serf du moyen-âge et le nègre d'Amérique auraient à coup sûr envié le sort d'un esclave athénien.

C'est aussi un mot bien aventuré que celui d'*asservissement* de la femme, quand on parle de l'antiquité. Le sujet est délicat et je ne veux le considérer que de loin : mais n'y aurait-il pas une véritable ingratitude à oublier qu'en proscrivant la polygamie, à laquelle le peuple hébreu lui-même n'avait pas formellement renoncé, et que plus tard Tacite constate aussi chez les Germains, les peuples gréco-italiques ont rendu à la femme toute sa dignité? Partout où l'épouse règne sans rivale au foyer, la quenouille se change vite en sceptre. Personne ne conteste qu'à Rome le sexe faible n'ait rapidement conquis tous les droits que notre société lui accorde aujourd'hui. Les Grecs passent pour

avoir eu l'humeur plus tyrannique. Mais les Grecs eux-
mêmes étaient si loin de considérer la femme comme un
être inférieur qu'ils lui confiaient des sacerdoces, qu'ils
recevaient de sa bouche les oracles et lui attribuaient même
l'invention de leur grand instrument poétique, le vers
hexamètre. Sapho, Corinne, Erinna ont une place dans l'histoire de la littérature : Theano et Hypathie dans l'histoire de
la philosophie. Si les Grecs étaient pour la femme des tu-
teurs sévères, on peut être sûr du moins qu'ils ne la méprisaient pas. Parmi les Hellènes, ceux qui avaient le plus
restreint les droits de la femme étaient les Ioniens, et,
parmi les Ioniens, les Athéniens. Eh bien ! croit-on qu'à
Athènes même, la femme ait cessé d'exercer sur la société
son irrésistible influence? Lisez, pour vous convaincre du
contraire, les œuvres des poètes dramatiques, ou écoutez
simplement ce mot spirituel de Thémistocle.« Thémistocle,
» dit Plutarque, ayant un fils qui abusait de la bonté
» maternelle, disait : Nul d'entre les Grecs n'a plus de
» pouvoir que cet enfant, car les Athéniens commandent
» aux Grecs, moi, je commande aux Athéniens, la mère
» de cet enfant me commande, et lui, il commande à sa
» mère. » La nature, vous le voyez, Messieurs, remet bien
vite chaque chose à sa place ; la femme a porté plus légè-
rement qu'on ne croit le joug des mœurs antiques et
moins gagné qu'on ne suppose à passer, aux beaux temps
de la chevalerie, à l'état de divinité vers laquelle montait
sans cesse l'encens fastidieux d'une rhétorique alambiquée.
L'antiquité a peint son idéal de félicité conjugale dans
l'idylle de Philémon et Baucis. Je suis convaincu que
Philémon n'avait pas cherché querelle à l'univers en l'honneur de Baucis, comme Don Quichotte en l'honneur de

Dulcinée du Toboso ; je ne suis même pas sûr que Baucis l'ait laissé soupirer longtemps , mais le bonheur en vaut-il moins pour être conquis à moins de frais?

Je n'ai pas besoin d'insister davantage ; l'antiquité, vue à la douce lueur du foyer domestique , ne craint point le regard de la postérité.

En voilà assez , je pense , pour montrer que l'influence des lettres classiques n'ébranle aucun des principes essentiels de toute société. Quant au chapitre des perfections morales inconnues à l'antiquité, c'est un thème inépuisable de discussions stériles. Les anciens , disent des critiques moroses, aimaient la vie, la santé, la beauté, la joie, la richesse, la gloire! Pour ma part, je les en félicite ; mais ceux qui le trouveraient mauvais rencontreront des pensées mélancoliques dans Homère, dans Hésiode , dans Théognis, dans Euripide, dans Ménandre, dans Lucrèce , ou, pour mieux dire, partout : plus d'un philosophe, sans parler de cet Hégésias *Peisithanatos* qui donnait à ses auditeurs le goût du suicide, sans parler de Sénèque qui fait métier de batailler contre la nature humaine et de prendre en toutes choses le contre-pied de ses instincts , plus d'un philosophe, dis-je, a envisagé la mort comme une délivrance : Pline-le-Jeune, un mondain pourtant , pense qu'il est fort utile à l'âme que le corps soit malade ; il est vrai qu'il ajoute « si l'on a le bonheur de s'en tirer » ; Aristophane a écrit un éloge fort spirituel de la pauvreté : pour la gloire, il y a longtemps qu'on l'a traitée de chimère , ou , comme Juvénal, de matière à discours de collége. Mais les anciens méprisaient le travail ! C'est encore là une observation de détail indûment généralisée. On trouve dans la mythologie un dieu forgeron et une déesse qui fait de la tapisserie; Ulysse se fabrique lui-même des meubles; on nous dit que plus tard, à l'époque historique, les femmes, en préparant le pain, fredonnaient une chanson où l'on rappelait que le sage Pittacus de Mitylène avait aussi mis la main à la pâte; j'ouvre l'anthologie grecque et je vois un vieux menuisier consacrant ses outils à Minerve; plus loin un portefaix a la prétention d'être fort honorable, et déclare que « toujours et partout l'homme de bien est l'homme de bien. » Voilà des preuves plus sûres encore que la charrue légendaire de Cincinnatus. Enfin, Ovide lui-même, le poète frivole, n'a-t-il pas fait ressortir l'influence salutaire du travail en l'indiquant comme remède à la plus impérieuse des passions? « Supprimez l'oisiveté, dit-il, et vous brisez du coup l'arc de Cupidon. »

D'autres refusent à l'antiquité le sentiment de l'honneur. Ce qui est certain, c'est que les anciens ne distinguaient pas entre l'honneur et l'honnêteté, et qu'ils auraient qualifié sévèrement bien des gens trop familiers avec cette distinction. Les histoires tragiques de Lucrèce et de Virginie attestent à quel point ils ressentaient les outrages faits à la dignité humaine; mais ils n'imaginaient pas qu'un affront pût se laver, selon les hasards d'un duel, aussi bien dans le sang de l'offensé que dans le sang de l'agresseur. Il leur est certainement arrivé de répondre à une insulte ou à une calomnie par un bon mot. Thémistocle n'invita pas Eurybiade à se rendre au « champ d'honneur », mais il se fit écouter, et les affaires de la Grèce n'en allèrent pas plus mal.

Je ne cèderai pas davantage, Messieurs, aux sollicitations de mon sujet; le plaisir de m'abandonner ainsi au caprice des réminiscences ne doit point me faire oublier de conclure. J'espère vous avoir montré, et cela, sans me jeter dans une lutte à outrance contre les objections, que la morale de l'antiquité n'a pas été, sauf d'inévitables exceptions, indigne de sa gloire littéraire. Sans doute, ces aperçus ont paru m'entraîner un peu loin de l'objet spécial que nous devons étudier ensemble cette année, mais je ne crois pas cependant avoir rompu le fil qui nous y ramène. C'est qu'en effet, Messieurs, *l'Éloquence romaine à la fin de la République* se résume presque tout entière dans Cicéron, et Cicéron, grâce à la multiplicité de ses connaissances, à la variété de ses œuvres, à la souplesse de son esprit et même de son caractère, est une sorte d'abrégé de la société antique dont je vous entretiens depuis si longtemps. Romain plus qu'à demi Grec, à la fois avocat, philosophe, homme d'État, entraîné par sa curiosité à essayer de toutes les écoles et de tous les partis, apte à tout comprendre et à même de tout étudier, il est bien près d'être à la place où il aimait à se représenter l'orateur idéal, au centre de toutes les connaissances humaines.

Enfin, pour terminer par la pensée que je développe depuis huit jours, c'est là une gloire littéraire sous laquelle il n'y a point de turpitudes morales. Auguste, qui fut un peu le bourreau de Cicéron, ne put s'empêcher de dire un jour de sa victime : « C'était un savant homme, » oui, un savant homme, et qui aimait bien sa patrie ! » Plus d'un, je suppose, et des plus difficiles, se contenterait d'un pareil éloge, dans la bouche d'un ennemi !

www.ingramcontent.com/pod-product-compliance
Lightning Source LLC
LaVergne TN
LVHW050638060726
842527LV00004B/1353